田中荘介自選詩集

澪標

田中荘介自選詩集　目次

Ⅰ　詩集『小目野』（一九九八年刊）

Ⅱ　詩集『少年の日々』（二〇〇六年刊）

Ⅲ　『日本霊異記』に拠る（未刊詩篇）

Ⅳ　未刊詩篇

装画❖香月泰男「水芭蕉」（北海道シリーズ）
リトグラフ（33×45）、許諾・香月婦美子
夫人より（2016.4.6）
装丁❖森本良成

Ⅰ　詩集『小目野』

うつくしき　小目の笹葉に
霰《あられ》ふり　霜《しも》ふるとも
な枯れそね　小目の笹葉

播磨国風土記賀毛郡穂積里

小目野《をめの》

霧のむこうに
だんだん見えてくるもの
海なのか海ではないのか
霧がゆっくり
流れてゆく

小目なきかも
鈍色の光さし
ものの影に色

つきはじめる

いくたびきりひらいても
水涸れ
稲育つことなく
萱すすき繁る
ひびわれの台地

ゆるやかに
白い霧流れ
朝日さし
今けざやかに
みどり葉ゆれる
小目の笹葉

――おお小目野よ
わたしのゆれる心よ

※小目なきかも＝はっきり見えないなぁ（播磨国風土記における品太の天皇の言葉）

天目一神社《あめのまひとつ》

〈目が一つだって？　お父さん〉
雨雪がぬらす道を

北へ向かう車の中で　娘は
正面向いてハンドルを
握りながら言う
これ以上の雨雪を心配しながら
〈そうだよ。ひょっとして足も一本かも、ね〉
〈それじゃ化け物じゃないの〉
これから先は胸のなかで言う
目をつぶされ足をひきちぎられ
男は神様になる日を待っていた
つらくても耐えられなくても
神様になるために
〈あの森かしら、ね〉
暗い空から雨雪は落ちてくる
男は海のかなたからやってきた

ぼろぼろのぼろ布まとって
小さな木の船で
海を渡ってきた
オオカミやクマやシカの
駆けまわっている森を
森の木を切りつくし
燃やしつくし
白い火のそばで
生命をもやしつくした
〈あの杉の木の上にいるのはなに?〉
〈からすだろうよ〉
娘はこわいと言った
これから先は娘にきこえぬ胸のなかで言う
男は村一番の

美しい女を姦した
父なし子が生まれて
村はおおさわぎとなった
いつの世にもある
男と女のちょっとした結びつき
男は捉えられ
神様になったのだろうか?

〈あれが天目一《あめのまひとつ》神社だ〉
鉄工組合がふいご祭をやるところ
大正十二年に再建されたのだよ
〈ちいさな神社ね〉
さすらいの果て　やっと
おちつく場所となったところだ

ひとはなにしに　はるばる
ここまでお参りにくるのか
娘はからすを気にしながら
なにを祈ったのだろう
雨雪はますます
強く吹きつけてくる

根日女《ねひめ》

蓮の小さな花がけさ開いた

それは　わたし
蓮の葉の端に乗っている蛙
それは　わたし
その蛙のよこで光っている露
それは　わたし
わたしはこの墳墓の主《あるじ》
わたしは夜更けの風の音に
めざめる
わたしは明るい月の光のなかに
めざめる
わたしは月の光を隠す雲の動きに
めざめる
林のなかの闇の暗さのなかで
わたしは　めざめている

今わたしをたずねてくる
人が　いる
わたしをたずねてくる人は
もういないのに
わたしの眠る石の上に
立っている人がいる
この人は　だれ？

わたしは待っていた
東から西へ太陽が動く
ひとつふたつと数えて待った
赤い太陽も青い太陽も
いろんな色の太陽を見送った

あなたは　たずねて来なかった
風の音ばかり　やってきた

ここ　土は中の中
黄金色の稲穂に
取り囲まれる季節はもうすぐ
池から水蒸気が
上っている　わたしの
たましいが上っていく

わたしの名は根日女
わたしの墳墓は
掘りつくされ
わたしの耳飾りも玉釧《くしろ》も

掘りとられた
石の寝床だけが
残された

松や柏の茂る葉蔭で
山鳩が枯れ小枝をくわえてきて
巣を作っている
わたしがみつめている

樟《くすのき》の歌

――その迅《はや》きこと飛ぶが如し。一檝《ひとかぢ》に七浪《ななみ》を去《ゆ》き越《こ》ゆ。(風土記逸文)

だれだって
調子のいいときって
あるものさ
そうとも

僕は殺された
殺されたけれど
水の上に
生き返った

僕を操っているものなんか
知るもんかい　ちっぽけな
鶫《つぐみ》よりもひよわな
生きものなんか
僕は翼の生えた速鳥

ほら　潮の香よりも
いい匂いがするだろ
僕の命の
あかしなんだ
くりかえしくりかえし
いったりきたりじゃないかって
だがどこにくりかえしでないものがある！

僕の永劫の日常

僕の巨きな体に
つかまっているやつら
やつらは僕を
支配しているつもりなのだ

僕のおしまいの日
僕は見ることもないだろう
僕の体がやつらに
斧で粉々に砕かれるのを

井戸に消えた女

井戸をのぞいて
女がいた

女は
たしかに
井戸をのぞいていた

女の姿が
見えなくなった

まばたきひとつで
女の姿は
なかった

見ていた
女が井戸に
近づき
井戸を
のぞきこんだ

井戸の水面は
はるか
下にあって
女の顔がうつっていた

その女の顔は
消えた女の顔
それとも
のぞきこんだ女の顔
どちらとも見分けつかず
女の顔は
暗く隈取られていた

井戸をのぞきこんでいる
女を
見ている女がいて
またたきをすると
井戸をのぞきこんでいた

女の姿はなかった
それを見ていた女が
井戸に近づいた

琴ひく男

琴の音野面を這う
琴の音煙のように
野面を流れる

琴の音蝶のように
空を舞う
琴は男の膝の上にある

深い森背にして
やわらかな日差しを浴びて
鍬打つ女
女は鍬を打つ
鍬は石を打つ
女をやわらかに
琴の音がつつむ

女がみつめ男がみつめかえす
時が止まり時が流れる

千年の時が流れる
琴坂にやわらかな光が流れる

猪《ゐ》養《かひ》野《の》

猪を飼う人がいた
猪をひき連れ
山間の地に
移動してきた

ざわざわ
粗い毛
鈍く光らせ
猪は
せまい土地に
放ち飼いされた

猪は
走らない
猪は
鳴かない
猪は
嘯かない
猪は

牙がない
猪は
ここでは

柵のなかの
猪の
ちいさな
黒い目
かすかな
けものの
におい

柵の外から
近づく

黒い目の
けもの
そのひくい
うなりごえ

死野《しにの》

むかし　ここに荒ぶる神がいて
往来《ゆきき》の人の　半分を殺したと言う
よって　死野と名づけられたが

のち　品太《ほむだ》の天皇《すめらみこと》によって
生野《いくの》と　改名された
荒ぶる神とは　何者
何故に　人を殺した
キューバには
虐殺（MATANZAS）
という地名がある
スペイン統治時代に
インディオが
皆殺しにされた都市だ
マタンサス
りっぱな地名だ
そして世界中いたるところ
地面は血の色で

赤黒い
おお生野
（死野！）

いま生野を車で通ると
山峡の凹地に一本の
背の高い赤松が
下枝も中枝も茶に変色し
斜めに傾きながら
佇立しているのが見えた

殺意

——妹玉津日女の命、生ける鹿を捕《と》り臥せて、その腹を割《さ》きて、その血に稲を種《う》ゑき。

仰向けにされ
黒目大きく見開き
柔らかい温い腹に
和毛《にこげ》光っていて
鹿は静かに四本の柱に縛られ
惨劇の一瞬を
——待つ
鹿色の鹿の白い和毛を
銀《しろがね》色の利鎌がなめるように

這う——
這わせるのは何故《なにゆえ》の儀式か
女の白いしなやかな腕
しなやかな白い腕にも
わずかな生毛
白い皮膚の下走る青い血の管
皮膚の下流れる熱い生血

切り裂かれるのは
鹿色の鹿の白い和毛なる下の皮膚か
鈍い光放つ刃物つかんだ皮膚か

薄暗い土間の隅に
鹿は縛られて死を待つひととき

女はかがまって指をたわめ腕しなわせ
どうしても殺らねばならぬのか
殺らねばならぬのだどうしても

麻打山《あさうちやま》の神

吾《あ》が造りまして
敷き坐《いま》す地《くに》は
青垣山めぐらし
玉《たま》珍置き賜ひて

守《も》るところの
播磨国廣山の里

明日はあのひとに
逢ひに行くのだと
女《むすめ》は麻を打つ
暗夜に
熱くなる指
熱くなる胸内《むなぬち》

安らけき
この地《くに》に
但馬の国より
うつれる

伊《い》頭《づ》志《し》麻良比の一族
吾がみ魂まつろはず

明日は穀《たなつもの》の品品《くさぐさ》
購《あがな》ひととのへて
父のためにと麻を打つ
暗夜に
赤く腫れた指
赤く輝くけうらのかほ

あまつさへ
忌み籠もり
なさずして
夜麻を打つ行為《おこなひ》

犯せる罪の数多《あまた》
敷き重なりて

いつまでも明けぬ夜《よ》
いつまでもつづく麻打つ音
夜明けは遠く
女の眼《まなこ》ますます赤く
しかるにいま知らせなく
しのびよるもの　それ

ここに荒み魂猛《たまたけ》りて
まことにみ魂のあらませば
其女二人傷《をみなににんそこな》はしめ給はん
ここをもて

神霊《みたま》の神たるを
知らしめん

※けうら＝輝くように美しいこと。

海を泳ぐ鹿

夢とは
（眠る目、寝る目、夜の目）また
（神聖なる斎目《いめ》）

鹿狩の射手は
（射目《いめ》）または（翼人《いめひと》）
鹿と夢とが
つながった
ああ夢野の鹿
角振り立てて泳いだ牡鹿
どうしてもどんなにしても
行きたかった　野嶋の牝鹿のもとへ
潮の流れ急なる赤石《あかし》の海
狙いさだめる舟の上の翼人《いめひと》
〈痛いという感覚はなかった
　背中から胸を強い力が押さえた〉
赤い血ひろがり
ますますひろがり

〈なんだかもうおしまいだ〉
赤い水のなかに
横だおしになり
やがてのこと
仰のけになって
牡鹿は
白い胸毛あらわに
遠く流されて
いった

夫求《つまま》ぎ——腹辟沼《はらさきぬま》に

鹿の角の　つり針で
あぎと　つられるように
わたしは　先へ先へと
駆けていました

今日の日　わが背に
追いつくこと　なければ
遂に逢えずに終る　であろう
と　わたしは

夢中で　駆けていました

草　かきわけ
杉の木立　小暗い森
また　尾根伝い
道のないところ
わたしは　駆けていました

猪　あらわれて去り
鳥　おどろいて飛び立ち
わたしは　駆けていました

ここ播磨の国
沼の　ほとり
いま　息切らし
水すくい　飲むため
湿った土の上　土は
わたしの　くるぶしを
やがて膝をのみ　そのとき
鵲が　さわぎ立てるのを　耳にしながら

年魚《あゆ》

気がついたら　私は
すこうし身のついた
一尾の年魚でした

でもここが
印南川だと
どうしてわかるのかしら

私は屍となって

この川を舟で
渡っていたのだと
それもわかっているのです

しかも私の力では
どうすることもできなくて
つむじ風にさらわれ
川の底

網ですくいとられ
煮られ
食膳に供されて

私をじっと

見おろしているのは
あなた

（あなた
どうか私を
存分に食べて
ください）

粒《いひぼ》の丘

イヤホンを耳にあて
モーツァルトを聴きながら
暮れゆく大阪の町を
雲の間から見た

街灯またたき
車のライトが見分けられ
機は地上に接近しはじめた
神の位置を意識した

アメノヒボコと
アシハラノシコオが
国占めの争いをしたことを
思い出した

彼ら――と呼んでいいか
彼らは地上で争い
一方があわてて
口から飯粒をこぼした

よって粒の丘と
名づけられた
争いはなおも

はげしく続いた

我らその子孫
争いはなお続いている
神の位置から
争いは愚かと
気づくこと
いまだかつてなし

宇頭川《うづがは》にてみまかれる一女人を悼む歌

大帯日女《おおたらしひめ》の命《みこと》、韓国《からくに》を平《ことむ》けむとして度《わた》り行きたまひし時に、御船宇頭川の泊《とまり》に宿《は》てましき。

〈雨がきらいなの〉
〈雨のなかあたしが死んでいるすがたが見えるの〉

筑紫へ向けて船出する
船団がこのとき
雨の上がるのを待っていた
激しい雨
風まじりの雨
いつまでも降りしきる雨
海面もりあがるかとみえる雨
后の行く先々で
待ちうける悪天候
そのつど神を呼び出し

神鎮めする后
ようやく雲間から射す光
〈おお　晴れ間〉
だから播磨
針間井の播磨
張り浜の播磨
いま　あかねさす播磨

田を墾《ひら》いた
野を耕した
稲春《つ》いた
粟を蒔《ま》いた
猪を放ち飼った
坏《つき》に酒を盛った

鹿の生血で稲を植えた
一夜の間に稲が生えた
手足を洗わないと雨が降る

后は筑紫で夫を失った
后は跡継ぎの子を生んだ
帰途反乱があったが難を免れた
長生きして百歳まで生きた
その長い生涯で忘れたことがある

揖保《いひぼ》の郡《こほり》石海《いはみ》の里宇須伎津《うすきつ》で
起こったこと
宇頭川の泊《とまり》に宿ったときのこと
この絞水《うづ》の淵《ふち》で起こったこと

后は見なかったか
見なかったなら聞かなかったか
聞かなかったなら
終始知らずに過ぎたか

一人の女子が　（江に堕《お》ちき）と
風土記は録している
（江に堕とされき）とは書かなかった
（江に沈められき）とも

村人は見た
（絞水《うづ》にまきこまれていく白い衣）
村人は聞いた
（鋭く雨中をつらぬいた悲鳴）

また村人は聞いた
（女人の老いたる母の号泣）
やがてまた村人は見た
（川辺に打ち寄せられた女人のなきがら）

あわてて江に堕ちたと
記録はしるす
子が江に堕ちたので助けようと
あわてて堕ちたとしるす
雨を呼ぶ幻の后は
陸路船を運ばせていた
丹塗りの船
（血塗られた船！）
魚も避け鳥も遮らぬ

一人の高貴の女性と
一人の名知れぬ女人の
地上の時間がここで
交錯した

＊

国占め

神々は矛の先から
したたる海水を
凝り固まらせて国土を作り
その国土に降りてきて
次々と神々を生み
神々はやがてその職能を負うて
散らばっていき
ここ播磨の国では
イワノオホカミと

アメノヒボコノミコトが争って
国占めをなさった
ところが波加の村と
のちに名づけられたところでは
アメノヒボコノミコトが
イワノオホカミよりも
先に到りつかれたので
イワノオホカミは
「度《はか》らざるに先に到れるかも」と
のりたまい　それでそこが
「波《は》加《か》の村」と名づけられた
先をこされた　わしの負けだと
言《こと》挙《あ》げされたのだ
御方の里では

アシハラノシコヲノミコトと
アメノヒボコノミコトとが
黒土の志《し》你《に》嵩《たけ》に登られて
黒葛《つづら》の投げ競争を
なされたのだ
これはアシハラノシコヲノミコトが
三条《みかた》の黒葛を三つの村に
投げてそれで
御方《みかた》の里という地名がついた
そんなふうにして
土地占めが進行したと
風土記に書いてある
測量も売買も
戦争も訴訟も

なかったらしいのだ
そのへんの山には
スギ・ヒノキが自生し
オオカミ・クマが生息し
きれいな水で酒も作った
国作りをおえた神は
「おわ」と
おっしゃったそうな

美奈志川

――播磨国揖保郡出水里――

水は
高きより低きに
流れるものであるか

伊和大神の子　石龍比古命と
石龍比売命とが
川の水争いを
なさった

男神（石龍比古命）は
北の方越部の村に
流そうと思い
女神（石龍比売命）は
南の方泉の村に
流そうと思われた

男神は山の峰を
足で踏み固め
水の流れを作り
女神はこれをやらすまいと
櫛で水を塞ぎ
山の峰から溝を開かれた

男神はなおも川下に行って
流れをかえ
西の方桑原の村に流さんとし
女神はこれを許さず
地下水道を作って
泉の村に流そうとされた

川の水はそれから
地表を流れず
水なし川（美奈志川《みなしがわ》）となった

道や鉄道は川の流れに沿うが
川の流れは大昔
どのように流れをきめたのか

車窓から眺める川の流れは
つねに
高きより低きに
流れていると
思えない
ときがある

継《つぎ》の水門《みなと》

――「播磨国風土記」による――

見守られて

花が
薄明の中
さき始めている

冷気が露となる　時刻

開いた花は　白いゆり
蘇生した幻の花

（命継ぎき）
見守る人の　声
千年の昔　女が
閉じていた目を　開いた

Ⅱ　詩集『少年の日々』

ありがとう

春浅い山陰の四月
江《ごう》川のほとり
友なく家亡《な》く
ひとり土手にすわって
きらきら光る
川面を眺めていた

制服の兵士あらわれ
ボートにのせてくれるという

誘われるまま
無言で兵士と
川面に浮かんだ

何か言わなくてはと
子供ごころに思ったけれど
考えごとしている兵士の表情に
何も言い出せなかった

しあわせ

永いいくさ終って
疎開先の上郡《かみごおり》駅
待合室で
父が着くのを待っていた
九歳のやせた少年わたし

町はずれの仮住まいの家から
歩いてきて
父を待っていた

家は空襲で焼け
友なく本なく
川原の黒牛と
雲のたたずまいだけが
日常だった

日焼けした父の笑顔が
久しぶりのご馳走である
つゆ草の花が咲いていた
父の手にぎって歩いた

いたい

校舎わきのいも畑
毎日いも泥棒が出ると
学校に苦情があった
いも畑のまわりは
竹の柵が幾重にもしてあるのに

ある朝　悲鳴が上がった
竹刀で肉を打つ音
いも泥棒が見つかったらしいと

二階の窓からのぞいた

中学生の男の子が
打たれていた
いつまでもいつまでも
打たれていた
悲鳴は細り
聞こえなくなった

とろける

息が苦しい
夜が長い
撫でてもらう寝巻の
背中に穴があいた
横になれない
うつぶせでも苦しい

谷医院の谷先生の
夜中の往診

細長い紺色の注射器
少しずつ息が戻り
体がとろけるような気分
塩酸エフェドリンの麻薬効果

翌朝は学校に行けない
壁にかけられた
仙人が薬草を摘む
伝鉄斎の絵を眺めていた

たべる

軍隊ではなかったが
早食いがはやっていた
みな五分以内
弁当の量も少なかったのだ
担任は
よく嚙んでこぼさぬようにと
隣の席の子は
とくにゆっくり嚙んで食べていた
わたしの早食いをとがめて

早死にするぞと
脅かすのだった

先日の新聞の死亡欄に
元小学校長何某の名を見た
（あああの遅食い！）
わたしの早食いは
習、性となって
あらためられないでいる

あそぶ

空地も多かった
赤トンボもヤンマもたくさんいた
ヘッサンという年長の子が
リーダーで
戦争ごっこをして
日が暮れるまで遊んだ
捕虜になったり
戦闘機になったりして
ブタ池と呼ばれる

遠くまで行ったこともある
ドジョウも青大将もいた
青大将をつかんで
ふりまわす子もいた
汗だらけになって
ときには運河に入って泥まみれで
家に帰ってきた

えがく

記憶のなかの空は
いつも灰色
祖父と登った裏山
祖父はステッキで
山上に達磨の絵を描いた
山腹のわずかの空地
もういくさが始まっていたか
まだであったか
港の汽笛が

聞こえたような

しらける

おびえる
おもしろがる
ひきこまれる
ふざけてわらう
耳にふたをする

疎開先の国民学校
教師は児童を
おもしろがらせようと

話をひろげ
こしらえていく

お化けの話
学校の敷地はむかし
処刑場だったと

しらけて聞いている
何人かの顔が見え安堵した
いくさ終ってのちの
夏も終わりの日ざしの午後の教室

ねている

ここは白い
カーテンにさえぎられている
校長先生のお話が長くて
倒れた
男の先生に抱かれて
連れてこられた
もう起きて教場へ
帰りたいのに
もう治ったのに

起きられるのに
起きないで
ねている
だれかがこくごの
本を読まされている
風にのって
音楽室から
コーラスも
きこえてくる
起きたいのに
起きられない

はく

江津《ごうつ》に近い
ひなびた温泉宿
湯泉津《ゆのつ》という湯治場
日本海の波音

祖父・祖母と泊った
春先の冷たい風
湯に浸かってぬくもる
そのあとの夕食

たまごの料理が混っていた
アレルギーということばも
知られていなかったころ
食べたものを　もどした
夜中までもどしつづけた
ぐったりとして苦しい夜を
祖父・祖母とともに
過ごした

ゆれる

少女は
廊下の窓の敷居の
上にのっかって
ひざをくんで
スカートがすこし
めくれあがって
白い下着が
わずかに
見えて

こっちを見ていた

教室の中から
見える
少女の表情は
逆光のため
さだかでなかった
背景の
桜の木の枝が
かすかに
ゆれていた

みせる

復員兵の
美術の教師は
とめどなく
戦場の体験を語った
話では
いたいもつらいも
遠い出来事だった
生徒たちも
空襲体験では

ころがる死体を
見ていた

美術の教師は
また
西洋の名画だと
いくまいもの
はだかのおんなの
絵を
紙芝居のように
かかげて見せた

きこえる

耳の底に
残っている
ラジオの実況放送で
復員兵たちを
乗せた船が
舞鶴港に着いたと
（テレビのなかった時代）
シベリア抑留から
帰国した人たちが

いたのだろうか
かぜで学校を休んで
聴いていた

アナウンスのむこうに
人のざわめきが
聞こえていた

にっぽん

いくさに
熱狂している人もいた
冷めている人もいた
終戦の日のことは
おぼえていないが
疎開先にいて
土地の年寄りが
淡々と
いくさの終ったことを

少年のわたしに
告げた

こうなることを
予期していた人の
おどろきのない
表情だった
この村の人は
そういう人が多かった
大本営発表など
まるきり
信じていなかった
流言蜚語も
ここにはなかった

なげとばす

進駐軍米兵に
襲われ
金を無心され
後ろから羽交じめされ

父は
柔道の手で
投げとばし
逃げたと

聞いた

まだ米軍憎しの
思い残っているころ

物量で戦争に
敗けた国に
来ていた
貧乏な米兵も
いたのだ

うちまた

女の子に
内またの歩き方だと
とがめられた
おどろいた（思っていなかったので）
以後歩き方が
気になった

その子は
わたしのことを

どう思っていたのか
いつもわたしの
歩き方を見ていたか
男らしくないと
とがめただけなのか
男の子のような
気性の子だった
とだけおぼえている

はしれた

自転車にやっと
乗れるようになったとき
ゆるい坂道を
くだっていたとき
いきなり
がき大将のS君が
荷台に乗ってきた
ハンドルは
大ゆれにゆれたが

たおれずに走れた
S君のこと
きらいな子ではなかった
だから　このまま
走りつづけていられたら
いいと思った
どこまででも

そふ

空襲で
わが家が焼けているとき
祖父は火の中に
とびこもうとしていたと
祖母から何度か
きいた

戦争のあと
祖父は過労で

いくどか倒れ
吐血した

わたしのために
バラックの母屋の横に
一帖ほどの
勉強部屋を
建て増してくれた

そぼ

早く目がさめると
離れのへやの
祖母の
寝ている布団に
もぐりこんだ

祖母がしてくれた
むかし話は
起伏にとみ

ひきこまれた

くり返し聞く
石童丸の話は
父に会いにいくところで
いつも泣いた

ときには
やわらかくぬくい
おちちに
さわった

ちち

空気銃持って
裏山へ
父とすずめ撃ちに
行った

鉛の弾は
はたしてすずめを
撃ち落とせるか
すずめが落ちたのを

見たことが
なかった

父は片目つむって
しずかにすずめをねらった
ぱしと音がしたが
すずめは落ちなかった
父は弾をつめかえた

し

観音様がお迎えにくると
祖父は
私の手をにぎって
はなさなかった
祖母のときは
死に目にあえなかった
まだ頬がぬくかった
十年ねたきりで
死の三日前

死ぬわとひとこと
父は
救急病院の廊下で
ねたまま私の手をにぎって
はなさなかったが
にぎった手の力が
しだいにゆるんでいった

ふうけい

雲は低くたれこめ
少年の心は
鬱屈し
病んで熱っぽく
野良猫のように
人を怖れて遠ざかり
ああ独り居ることの
時はゆるやかに歩み
干戈のざわめきすら

頭上をすべりいき
草は風にそよぎ
鳥はねぐらですくみ
とこしえにむかい
黒い水は流れゆく

＊

指つめ

一人乗りの戦闘機に
乗せてもらった
風防ガラスをしめるとき
指をはさまれた
とび上がるほど痛かったが
がまんした
空にはとび上がらなかった

下りるとき
若い兵士が挙手の
礼をしてくれた
戦争まぢか
五歳の男の子だった

Ⅲ　『日本霊異記』に拠る（未刊詩篇）

テスと狐妻

テスは夫殺しの罪で処刑
狐妻は露見後も「来《き》つ寝《ね》」

高校生のころ
イギリスの荒野を逃げさまよい
ストーンヘンジで逮捕された
テス・ド・ダーヴァビルに涙流した。
テスのような女性にあこがれた。

実在する女性のように
頭の中に生きていた。
告白しなければ
平穏な日は続いた？
一度汚れた女は愛せないと
去った青年牧師クレア。
その後もずっとテスを愛しつづけて苦しんだ。
長い時間の後戻ってきたクレア。だが。

狐妻と知っても愛すると言った夫。
去って行った狐妻を恋い慕う夫。
狐妻は夫のもとに戻ってきた。

遠い遠い日のお話なのか。

※テスはトーマス・ハーディの作中人物。狐妻は日本霊異記上巻第二話に登場。
※「来つ寝」とは「また寝にもどっておいで」の意

児殺し

――日本霊異記中巻第三十話より――

児は母の手をはなれ
崖をころがり落ち
濁流にのみ込まれた
行基上人は悪鬼を
追いはらったのだと

数知れず
生まれてきたいのちは
葬むられたはず
あるいは
手の甲足の甲に
釘打ち込まれて
死んでいった人
われは地に平和をもたらす
ためにきたのではないと

※行基上人　奈良時代の著名な高僧・多くの伝承を遺す。

聖と俗

――日本霊異記下巻第十八話より――

経堂つつむ雨
経の声、声、声、声、声
経の声消す雨、雨、雨、雨
つんざく神鳴、稲妻の一閃
背より裳上げ
あ、痛…………痛、痛
しだいに気遠くなり
そのまま奈落へ
やみのなかくらくら

まさかさま

こころふたつ

――日本霊異記下巻第十六話より――

強く吸うのは
あのひとのくち
屋根つきぬけて
空へむかって　ぐんぐん
こころはここちよく
ここちよくなって――

遠いところから
聞こえてくる泣く子の声
なまぬるい風が吹きこんで
いつまでも　いつまでも
聞こえてくるわが子の声

もはや　あのときを
取りもどすことは
ない——できない
はるかな　わが屋戸から
白い煙が　立ちのぼっている

日本霊異記異伝

一

男が発願して法華経を写し始めた。そのうち右手が動かなくなった。筆を左手に持ちかえて経を写した。左手も動かなくなった。やむなく苦心して口に筆くわえて写経した。やっと完成。すると両手がほどけるように動いた。男は再び新しく写経を始めた。これは奇蹟にあらずとなむ人の語り伝えたるとや。

二

男がふるまい酒に酔って町へ出かけた。そこで美しい女に出会い、意気投合して一人住まいの男の家に連れ帰り、交わった。ぐっすり眠り翌朝遅く目覚ました。目で探し

たが女はいない。へやの片隅におとなしい猫が坐って男のほうをみつめている。(女の濡れた沼の感触が男の指に残っていた)

三

女には母と兄がいた。女は思い合った男と夫婦になった。ところがこの男とんでもないならずものとわかった。母と兄は男が兵役に行った隙《すき》に遠くの村へ逃がした。その村で女は別の男と出会い、結ばれた。兵役から還ってきた夫は妻を探した。やっとのこと見つけ結局妻を殺してしまった。相手の男も殺し、夫はそれから刑死した。

卵について

――日本霊異記中巻第十話に拠る――

卵は庭鳥の卵
わたしは庭鳥の卵を食べられない
庭鳥の卵をたべられない人は
わたし以外にもたくさんいる（だが）
庭鳥の卵を食べなくても生きられる
庭鳥は毎日卵を生み
人間は庭鳥の卵を好んで食べる
食べる人間食べられる卵

ある男　卵が好き
毎日卵を煮て食った
ある日見知らぬ兵士あらわれ
男を捕え　麦畑に押し込み
火を放った
男　逃げ惑い
助けられたとき
膝から下は焼けて骨だけだった
苦しんであくる日　息を引き取った
男の生地は
和泉国和泉郡下痛脚《しもあなし》村
という

あることないこと

――日本霊異記上巻第二十五話に拠る――

ありえないことが起きたとき
それはありえないことの否定？
ありうることとありえないこととは
おもてとうらの関係？
ありえないこととはありえないのであって
ありうることとは別の次元？

集中豪雨も龍巻も落雷も（それらは）
千年の昔も今もありうる
ヒトは月や火星へ

ロケットをとばすけれど
明日の天気は変えられない
干天も慈雨も　どなたのご差配？

高市万侶の田にだけ
干ばつ寸前に大量の雨が降った
高市万侶は日照りのなか
自分の田の水口をふさぎ
水を百姓の田に流していた

幸運はどんなときどんな人の上に
訪れる？
祈れば幸運の女神はほほえむ？
ありそうにないことがいつも起きる

強い女

――日本霊異記中巻第二十七話に拠る――

泣いて　我慢している
わけに　いかないのよ

奪われた　衣服は
国守　であっても
取り返さなければ

美人でも　ない
色気だって　ない
でも腕力では　負けない

二本の指に　つまんで
国守を屋敷から　引き出して
取り返して　やった

でもあなたの　ご両親は
わたしを　追い出した

川でひとり　洗濯していると
船頭が　からかってくる
わたしは　船を陸に引き揚げた

頭下げたのは　男たち
泣いてばかり　いられないのよ

食われる娘
――日本霊異記中巻第三十三話に拠る――

「助けて　お父さん――」
（白い歯が肩に噛みついたの
痛い……とても痛いわ）
「わたしたちのときも
あの夜はとても　痛かったわ」
「そうだったかい」
夜が更けて
さわぎは　収まって
こおろぎが　途絶えがちに

鳴く
つみ上げられた　財物が
部屋を　狭くしている

恐怖と　死の物語は
いつも　闇の中
破滅の　始まりは
いつもいつも　闇の中

夜は魔物の　跳梁する時間
東の空は　すこし
白んでいるが……
惨劇は　つねに
わたしたちを　襲う

消えたひと

——日本霊異記上巻第十三話に拠る——

大倭国宇太郡《やまとのくにうたのこおり》
漆部《ぬりべ》の里の女
妻となり
七人の子を産む

家極めて貧しく
子を養う糧少く
藤の綴《つづ》れを着《ちゃく》し
野の草を採りて食とし

日々休むことなし

ひと日春の野にて
菜を摘みこれを食し
そのまま天に飛びて失《う》す

残されし七人の子と夫《つま》
その後いかに暮らせしか
ああ　よきひとの
前ぶれもなき　失踪よ

僧衣

——日本霊異記上巻第四話に拠る——

法要がすんで
僧はりっぱな袈裟と衣を
別室で着替えて背広姿で
黒塗りの車を自分で運転して
帰っていった

聖徳太子は病気の乞食に
着ていた衣を脱いで与え
後で来てみるとその衣木にかかり

乞食の姿見えず　太子は
その衣をとって着た　従者が
「けがれた衣です」と告げたが
意に介するふうでなかった

ブッダは身につける法衣を
糞掃衣と呼び　それが
長い間僧衣のシンボルであった

ゆめうつつ

――日本霊異記中巻第十三話に拠る――

細い二の腕の肉をなでる
なめらかでほのかにぬくい
ながい二の腕の肉をつまむ
やわらかくそっとおしかえす
胸乳の下から腹につながるくぼみ
優婆塞《うばそく》夢にて女にあい
感応して夢から醒める
寺の吉祥天女の像に
染み残るを見る

優婆塞恥じて秘するも
弟子知りて村里にて語る
ひとり優婆塞堂に入り
指にてなぞる…なぞる
かすかなひそやかなぬくもり

※優婆塞…在家にて仏道修行する者

女と蛇

——日本霊異記中巻第四十一話に拠る——

桑の木に登り
桑の葉摘む
河内国更荒《さらら》の郡《こおり》の女

蛇、桑の木に登り
女にからみつき
ともに落下

両親、おどろき

黍《きび》の藁《わら》灰と猪の毛
煮た薬以て
蛇の呪縛を
解き放つ

女、夢からさめた如くに
蘇生し
さてもまた、蛇を恋い
蛇重ねて女を犯す

死に、
生まれ変わり
妄執の因縁
断ち切れずとなむ

猿聖

――日本霊異記下巻第十九話に拠る――

生まれたときは
肉の塊
七日経ち卵状となり
女子として形を成す

生まれつき体小さく
成長して三尺五寸に成る
天性聡明にして
出家し尼となる

猿聖《さるひじり》とののしられるも
たじろがず
嘲る者即ち罰を受く

仏菩薩の化身と
たたえられ
経典に長じ
論難に屈するなし

Ⅳ　未刊詩篇

南の島で

――冬二ふうに――

子供たちが
まはだかで
水浴びしている

空も
がじゅまるも
なにもかも　夕灼け
芙美子の泊まった
安房館から安房川を

見下ろす
海風の吹きぬける
星空のすけてみえる小屋で
古い映画を見た
町に一軒の酒場では
女のはだかの
ながい腕が
泡立つ麦酒《ビール》を注ぐ
宮之浦岳までは
トロッコの谷の道
後見橋
高見橋
清涼橋
蛙橋

蛙はおらず
蛇と蜥蜴と
蝶を見た

※冬二とは詩人田中冬二のこと。
※芙美子とは林芙美子のことで、名作「浮雲」取材のため彼女が泊ったという屋久島の安房館に一泊した折の作。因みにこのとき屋久島から奄美大島、徳之島など十日ばかり予約なしの一人旅をした。初めての詩作。

酒坏

彦根の骨董店主は
桃山期のぐいのみだと言うのだ

買って帰って
陶磁の本で調べてみると
桃山期の志野のぐいのみはめったにない
珍品のぐいのみに酒充たして
のんでいたが
あるとき　物知りの男が

小鳥の餌入れだと言うのだ

そうか
彦根の殿様が
これで文鳥でも飼っていたかもしれぬ
くすんだ志野で小さな貫入もある
すっぽり掌に入って
結構酒がうまい
酔ってくると
鳥になって
冥王星までとんでいけそうではないか

出雲の国ところどころ

――渡部兼直さんに――

ここが出雲国庁の跡か
古代の官人たちが政務を執っていたところ
出雲国風土記の編纂が行われていたところ
幻のひとびとはあの低い山々から
渡部さんと石田さんとわたしを見下している
幻のひとびととの視線を感じている
ああ　見られている
いずれおまえたちも跡形なくいなくなるのだと
呟くものの眼が………あそこに

六所神社で　赤いやぶ椿を
一輪むしりとった
出雲の国は椿が似合う
椿がわが護符である

ガレナ釉の舩木さんの庭
客間《サルン》からの眺め――宍道湖を
とりこんだ明るいパースペクティブ
遠景に松江の町
近景はスンバ・イカット

雪をかぶった大山
朝鮮唐津だ
谷を深くえぐった稜線

それは面取り白磁壺だ
銭本さん田村さん市川さん渡部さん
松江大橋畔のネオンを眺めながら
ずいぶんたくさん水わりのおかわりした
市川さん自転車で大学寮までいつ帰ったかしら
朝になるとだれも二日酔いしない顔で
しじみの吸物をおいしそうにすすった
大橋川でそのしじみ貝をすくっているのを見た
安水さんの双眼鏡で嫁が島も見た

出雲の国は
ひねもす風が強く吹いた
松江の女神は
スカートの裾を

押さえなければ
ならなんだ

倦怠

生きるとは
息をすることか
だれかが言っていそうなことだが
(この時代はもう
何もかも言いつくされたのだ)
瀕死の老人ののど仏が

ぐりぐり動いて
息をしている
生まれてまもない嬰児が
口元をかすかにゆがませて
息をしている
水の中の海女は
その間　死んでいるのか
海では人は死と蘇生をくりかえす
海は膿
黄緑色の不透明な
半流動体が
流れ出す
うみ　うみ　うみ　うみ　うみ　うみ　うみ
うむ　うむ　うむ　うむ　うむ　うむ　うむ

産むとは
倦むことか

死せる友へ

――森井典男追悼――

君は研究室で借りた本のことを
もう返す時期が過ぎていると
はがきで督促してきたけれど
わたしは借りたおぼえがないので
返事を怠っていた

君はその後会ったとき
その本のことを言わず
わたしも忘れてしまっていて
そのままになった

君はその後助手をやめて
図書館の司書になり
少し遠く離れたところへ
勤めで行ってしまった

お互いになにかと忙しく
疲れて手紙書く気もなく
星と星のように暗い夜空で

またたいているだけだった

君が阪神野田駅で自死した
ことを知ったのは
わたしが結婚してまもないころ
風邪の熱で頭が
くらくらしているときだった

大学で行われた
ささやかな追悼式では
君の婚約者の泣き腫れた
頬をみた

それから一年がたち

友人たちの手で編まれた
追悼文集が送られてきて
ページを開いた

君の日記の一部がそこにあって
わたしは衝撃を受けた
わたしは死んだ君が
わたしよりどれだけ深く
鋭く生きていたかを知った

研究室で借りたという本は
借りていないのだったが
わたしは死んだ君に
何か借りをかえしていない

のではないかという気になった

あれから三十余年の歳月が
過ぎていったが
死せる君は今もわたしの
前を歩いている
（だからこんな詩を書く）
君は本当に死んだのか

死せる友へ

――森井典男追悼・2――

レールはやわらかな
人間の肉を裂くためにあるか
人は血とリンパ液を包み込んだ皮袋
よそよそしい日常は
インフルエンザ・ビールスをまきちらし
人は汚れた灰色マスクをして防禦する
夕日は煤煙のむこうに遠慮がちにたたずみ
青黒い夜の闇がいら立って出番を待つ
くり返される塵労の思いが

君を捉え君はここが
海にも山にも遠いことを思う
しかし――
死せる君は行為の一切に他者の
容喙を許さないだろう
おそらくは君は
内面の深奥を露呈される
などと予期しなかったはずだ
友人たちの手によって
しかしまた――
君は死することによって
君の生きる姿を垣間見せてしまった
君の時計は五時四十八分で止まったまま
長い歳月の塵が積り

どこかで黒い鳥が羽をたたんで
惨劇のレールを見おろしている

傷ついた水がめ

まだ春には遠い氷雨《ひさめ》の降る夕刻の
庭の片隅のハランの葉陰で
一抱えもある黒い水がめが
濡れそぼっている

焼き物好きと知られれば
いつとはなしに持ち込まれる
壺や瓶子《へいし》にまじって
出入りの植木屋が持ち込んだ水がめである

リューキューからの出物という
無骨な南蛮水がめは
肩と腰とに円い欠損をもつ

銃弾が貫いたに違いないと
わたしの勝手な憶測であるけれど
もう水がめの用を果たせなくなった水がめである

消えた太陽

起きろ、ほら起きろと
手荒な揺さぶりを
かける目に見えぬ存在。

薄明の部屋で
無力な生きもの
でしかないことの自覚。

一日、暗かった。

黒煙、空を覆い
太陽が消えた。

倒壊した瓦れきの下から
母を救い出し
二人の息子はバケツをもって
消火に走っていった。

舗装路のあちこち
地割れと陥没があって
救援物資をひきずって
一日は暮れた。

朝、店は壊れなかったと

笑顔を見せた理髪店の主人は
夕刻、店は焼けましたと
告げていった。

疲れて悪い夢を見る。
余震で何度も
目がさめる。

避難所の
体育館の窓硝子に
目にしみるような
朱《あけ》の太陽が
映っている。

再会またはミゼレーレ

二十二年前の顔と
今の顔とが
会った後の頭の中で
しばらく交互に
入れかわる。
二十二年前の顔を
すぐ思い出せないで
じっと今の顔を
みつめていた。

彼女は語る。
土煙がいっぱい
立ちのぼって
何も見えなくなった。
「お母さん」
見えない目で
見ようとして
呼んだ。
遺体は広い体育館に並べられた。
ローソクのゆれる光の下で
お母さんの影がゆれた。
やっとのことで
吹田市へ搬送してもらって

焼いた。
寒かった。身体の芯まで寒かった。
誰もかれも優しかった。
彼女は和服立ち姿の写真を出して
見せた。

会って別れて、今
どういうわけか
二十二年前の顔ばかり
思い出している。

われた茶わん

少しばかり
心のゆとりができて
十二点ほどの
茶盌や徳利のつくろいを
してみた
このごろの接着剤は
とても強力で
つないだ跡はあらわだが
持ち上げても

びくともしない
人の命もこんなふうに
つなげられたらいいが
しかし　壊れた命はつなげられない
壊れた茶盌でも
破片がどこかにとび散って
修復不能のものだって　ある
これまで写真でのみ
見た重文などという
茶盌が
見事に金つくろいされて
それは秀吉だか誰だかが
癇癪玉を爆発させて
庭の石に投げつけたとされる

言い伝えも
ひょっとすると　地震で
壊れたものではなかったかと
思われる
横っ腹に穴のあいたままの
備前徳利を
横に寝かせたり　また
立ててみたり　して
眺めている
似合いのぐいのみを
横に並べてみながら

幻の町、または忘れたかった

もえているまちの
映像が
よそのまちのようだ

字幕に
長田区御船通と出る
わたしのすむまち

もえていくまちなみ

みているひとの姿
眼で見てもらわないと
とてもわかってもらえない
だろうと
だまっていようと
いったんは思ったのだけれど

どうかここを
もういちど
見にきてください

炎とともに　もえつきて
いった　多くのものたち

土

――震災後――

とり壊された家の跡には生活の跡が
残されている。石けん入れの破片や
灯油を入れるホースの先やハンガー
の一部や何か得体の知れないもろも
ろの物。　すこし雨が降ると水がた
まって池になり天気が続くと土はひ
び割れてかさかさになった。名も知
らぬ草が円形に地面をはうようにひ
ろがった。野良猫がきてくさい糞を

していき野鳩もときどきとんできた。シャベルで表面の土を掘るとやがて赤土——それは五十年前の空襲で焼けた土。　もう少し掘ると粘土質のねっとりと焼きものによさそうな土——そう百年前ここは稲田であった。シャベルではもうそれ以上掘れないがそれ以上掘ればここは何だったのか。やがて私もこの土に戻るのだ。祖父が父が生きてそしてその生を終えたこの土の上。

あのころ

全校朝礼の途中で
倒れそうになって
男の先生にかつがれて
(男の先生は少なくなっていた)
保健室のベッドにねかされて
もう気分は戻っているのに
言い出しかねて
目をつむっていると
教室のほうから　こくごの

読本朗読のみんなの声が
すぐそばのように聞こえてくる
白いカーテンのすきまから
夏の光線がいっぱい
さしこんでいるはずだ

今日孫の運動会で
小学校を
（あのころは国民学校）
五十数年ぶりで訪れた
昔のままの位置に
校長室も職員室も
そして保健室も　ある
木の床板も油がしみこんで

匂いがあのころのままだ
（せんせい　もうきょうしつに
もどってよろしいですか）

雨は降る

白いひげを
生やした男が　夜半
雨の音を聴いている

雨は穏やかにしっとりと
石を打っている

白いひげを
生やした男は　紙を
きしませてものを書いている

白いひげを
生やした男　いったい
何をしてきたか

やがて地球は
熱くなったり冷たくなったりするだろう

束の間さわさわと雨が降っている

ある日突然に

信仰もないのに
磔刑になって十字架に懸った
夢を見た

一体何の罪過を背負ってのことか
病院には行きたくないと

言い続けてきた母を
病院に送ってしまって
母はおとなしく手の甲に
点滴の針を刺されている

マタイ受難曲を
急に通して聴きたくなった
暑い夏から急に
涼し過ぎる秋になった

永遠の時

健康という字は曲者
健にはおごるむさぼるの意あり
康にはむなしいという意あり
プラットホームのむこうから
五歳位の女子駆けてき
つづいて腕むきだしの妙齢の女
踊るように歩いてき
そのあと手先で杖を回しながら
老いて勢いさかんな女性

来たり去ってのち
人影なし
今秋も
霜葉は二月の花より
紅なるも
やがて落葉の期を
待つのみ
音もなく
すべての生物が死滅した
物体が
暗黒の天体を
そろそろと
移動をしている

下手な詩

詩人は網入硝子が
気に懸るという
詩人でないわたし
気にならない
下手な俳句

どうってことも
ない景色をよむ
人はどうして
生きるということを
そんなに
気に懸けるのか
今日よく晴れていた

が　台風が近づいているという
秋の虫が鳴いたり
途絶えたりして

土色の太陽

滝の水は落ちていくまで
放り投げられると思っていなかった

虫も人も
地上を這って
雲行きを眺めている
いつまでも

傷口は黒ずんで
夕闇のなかに
掻き消されていく
ああ　全てはわからないままに

きのう友の訃報をきいた
庭のヤマボウシが全て黄葉して
冬の到来を予感する

春の来ない冬を

木のように

木よ
おまえはどうして
そんなに清らかなのか

人間は食べてハイセツして汚すが
おまえは根から吸いあげるだけで

ハイセツなどしない
ただ黄色くなった葉を身ぶるいして
まきちらすだけ

どこへ歩いて行くこともならず
しかも叫ぶこともうめくこともせず
そんなにおまえは強いのか
わたしは苦しいとき苦しいといい
けれどおまえをみると恥かしくなって
黙ってしまう
黙ろうと思えば黙れるのだと知って
ああ
と思う

木のように
黙って暮らすことはできないものか

本当に見たいものは

心がうっくつしたからといって
すぐに音楽にのがれるのでなく
しずかに無音のときをもとう
年とると
にぎやかな町の人ごみや

色あざやかな商品を見にいくより
山の木の茂りぐあいや
人けのない漁港の波のきらめきや
田舎道の遠くに人が二人・三人みえるのなど
そんなところに自分を立たせてみたくなる
むろん
ときには荒々しいもの　激しいもの　厳しい孤独
そんなものに身をさらしてみたいと
空想するが
本当に見たいものは
見たがっていたものをやっと見ているときの
自分の心のゆれうごき
ではないのか

花が美しいなんて嘘だ

花が美しいなんて嘘だ
植物だとてそれは
生殖器の匂い
君はかぐわしいというのか
くちなしの腐るは死の匂い
金木犀は少女の腋臭
美しいといわれる花ほど
押しつけがましいではないか
花が美しいなんて俗説だ

花はただ目立つために
蜂の目をひくために
あんなに粧いをこらしているのだ
そのこしらえを君は美しいというか
本心美しいと思うのか

ぼくは一匹の蜜蜂になりたくない
世界中の花を全部むしりとってしまいたい

ああ　わが死する日
棺に菊の花だけは入れてくれるな

たましい

ひとは服を着ていて
裸でないと安堵しているが
たましいは
いつもむき出しで
人目に　さらされている

服を着ているのは
神様だけ

由布院にて

1

レストラン夢鹿《むじか》の庭で
白い猫を見た
かわいくてかわいくて
連れて帰りたいほどだった
猫に恋をした
走りまわっていた真白の猫

2

由布院美術館の回廊の
椅子のバスケットに
猫がまるくなって眠っていた
さわっても動かない
ごわごわした毛並
昼寝の邪魔をしたらしい

3

わたくし美術館の椅子の上の
三毛猫　なでても動かない
あたたかい　やわらかい毛
（りっぱなひげ）
見送ってくれた　おとなしい三毛猫

4

喫茶店でコーヒーのんでいると
そこの猫が
そっとわたしの膝の上にきて
そのまま眠ってしまった

教師

あなたのかたわらにいると
心がやすらぐ
――そんな人になりたくて
教師になったのだけれど

絶望

この地上から
戦争のあらそいが
なくなればいいと
ねがっても
それは人間が
みんな地上から
消えればいいと
ねがうことなのか

ジスモンティ讃歌

鳥の声
たくさんの　たくさんの種類の
明けていく森の空
風がかすかに動く

驟《しゅう》雨ひとしきり
多くの種子《しゅし》落ちて土に混り
ダンサ・ダス・カベッサス
森の中の小さな集落

祝祭の興奮から鎮静へ
またうねるような興奮へ
あるがままに生き
あるがままに死ぬ
集落の周辺から出土する
人と動物の　骨片
バンブザル
一日が静かに終る
シュウ・シュ・シュウ・シュツ

※ジスモンティはリオデジャネイロ生まれのミュージシャン
※バンブザル　竹やぶ

クレーの「眼」

――または二律背反――

バンという銃声
漆黒をバックに浮かぶ少女の顔
片眼射抜かれ
日常の凍結

夜だからのみましょう
誠意の人は誠実に生き
折にふれ作歌する
歌だから批評できる

批評に耐えうるか

夜だからのみましょう
ああ今は息ができる
偽善の夜は更ける
特急列車のように
遠のく日常

本当に死んだか
と思うなら
見においで

※クレーの「眼」…パウル・クレー「眼」パステル 1938

雪

雪がふって
世界はしずかだ
わたしに意地悪だった
人のことを思い出す
わたしも嫌いだった
人のことを
雪はつぎつぎと
空からおちてきて
わたしの思いを
消さない

この雪のむこうで
世界はいたましい
人はむごたらしい
世界の終わりか始まりのように
雪は途絶えもなくふりつづく

愛（家族）

あなたよ
わたしは　ここにいる
けれど　遠くにいる
だが本当は　ここにいる

挽歌

――高橋秀行を悼む――

心臓の病を抱えているとは
最近知ったばかりで
君は高校時代
秀才中の秀才
放課後は柔道で汗を流し
図書館の本は片っ端から読破し
夜遅くまでショパンを聴いたり
恋愛談義に熱中したり
大学では共に小島輝正さんの

担任を願い出て青谷の家に
一升瓶提げて行ったものだ
九州の大学に赴任して
九州の山を片端から踏破するとも
風の便りに聞いていたが
西明石に帰ってきてから
なん度会っただろうか
ついこの間のこと
江井が島の海岸を共に歩いた
きれいな夕日を浴びて――
だが　あれからまだ
そんなに日数も経っていない
さみしいよ

君のいない家

――高橋秀行追悼2――

君の居ない家に行って
同期生六人　線香をあげ合掌した
君の居ない部屋に
君の写真が置かれてある
君の居ない部屋で
君のことを話題にしたが
君は六人のおしゃべりに
加わることはない
小著を送るとかならず

長い感想の手紙が届いたが
もう届くことはない
季節は長い夏から
漸く秋の気配を空に
のぞかせている
さるすべりの花ももう終りだ
君の穏やかな瞳が思い出される
さようなら　わが友
人はみな一人一人の生を生き
そしてどこかへ去る
さるすべりの花は
来年もはなやかに咲くだろう

百歳

転倒して
救急車で運ばれた病院で
母はナースボタンを
しつこく押すからと
根元からはずされ
隣のベッドのおばあさんが
代りにナースをよぶ
寝た切りになりますね
痴呆も進むでしょう

肥った医者は言う
あれからもう十年余
母はあのとき
歩行練習にいどみ
食事・排泄も自力で
今、百歳の生を楽しむ
人はなんで生きておるのかと
ときに哲学的な問いを発し
家族をびっくりさせる

長い夜の時間

幻の女は夜八時になるとやってくる
真夜中になっても
夜が白《よ》んでくるまで
眠りがようやくおとずれるまで
さんざんわめきちらし飲み食いし
出て行ってくれと頼んでも
いっこうに立ち去る気配もない
助けを呼ぼうにも
頭はしびれ声も出せずに

幻の女のなすがまま
夜は更け　夜が立ち去るまで
この家の主のように振舞い
幻の女はますます勢いにのり
疲れることを知らない
皿が壊れ　扉が開いて
夜気が部屋のなかに
煙のように入り込んでくる

幻聴

死者も生者も
ともに観念の会議をひらき
あれやこれやと際限もなく
うるさい、やかましい、もう——
形のないたましいは
こっちの部屋
あっちの部屋
移動し、とらえ処なく
気が付けば

血の海
これはいつかもあったこと
救急車のサイレン
救急隊の人三人
姿形のある人が動き
麻酔縫合
この世なのか
あの世なのか
ああどこへ
運ばれていくのか
夜の闇はまだ深い

夜明け前のさようなら

夜来風雨ノ声
花落ツルコト知リヌ多少ゾ
一輪挿しの椿の花が
ぽたりと板の上に落ちた
深海魚が今年は浜に浮き
東京地方では雪が積もったとか
すみれの花咲くころを
よく歌っていた若いころの母
空襲で家を失い

震災で瓦の下敷きになり
百年余を生きた稀有の人
弱々しくも強く生きた人
群れることをきらい
ひとり寂しさに耐えていたその人
ああ、春まだ浅い　夜明け前
ひっそりとこの世に別れを告げたその人

わたしは四さい

おとうさんが
すいぞくえんに
つれていってくれた
きんじょのおじさんのかおのような
おさかながいた
それかられすとらんで
はんばあぐをたべた
そのあと
おとうさんはたくさんのひとのいる

ちかしつのような
ばしょにいって
またおさけをのんで
しらないおんなのひとと
だんすをおどった
おんなのひとにちゅをした
わたしはおれんじじゅうすをのんだ
ただいまといって
おうちにかえって
おかあさんにおとうさんが
ちゅをした
わたしはとてもねむくて
すぐねむってしまった

蛇口から水が落ちてくるように

蛇口がひらいてすこしずつ
水がしたたり落ちてくるように
体の中のどこかで
自己回復の水が注ぎ出して
わたしは
鬱陶しかったこの何か月かの
風邪のような症状から
解放されつつあるような
なんとも名状しがたい

感覚でじっとしている
がんばれと言われても
お大事にと言われても
自分の力でどうにも
ならなかった無力な気分から
今やどうにか腹這って
肘で地面を押さえるように
じりじりと進んで
なんとか
光の中へ出ようと
している

生きることとは

銃を掌に持てば
引金を引きたくなる
こころとはなれて指が
撓ろうとする
昨日と今日とが引き裂かれ
ひろがる鮮血が
空を覆い尽くす
人はいつでも引金を
引く機会に直面して

片目を瞑っている
いやその瞬間にも
世界は狙いを定めて
銃持つ人を斃さんと
悪意に充ちて
物陰に隠れている
銃持つ人には
見えていない
見えていない指は
撓ろうとする
おお次の瞬間には
斃れるのは銃持つ人か
悪意に充ちた世界
なのか――きみには

それがわかるか　本当に
わかるのか

雲

めぐり逢ひて見しやそれとも
わかぬ間に雲隠れにし夜半の月かな――紫式部

生きているから
それは人であり鳥であり
花であり雲でもあるのだ
死ぬとは元素に分解され

形を無くしていくだけではない
あんなに苦しんだ痛みとも
おさらばなのだ
動く意志を無くし
いや動かされていたとも
気付かずに　命は
命というものは
はるかかなたに
去ってしまうのだ
ミソサザイの眼にも
もう映らなくなってしまうのだ
クモを探している
ミソサザイの眼にもだ

歌・感傷的な

女がわずかの供回り連れて
東に歩いている
有明月照らす白い道
人通りのない都大路を
泣きながら
息
切らせて
小走りに歩いている

埃まきあげて
汗したたらせて
脇目もふらず
どこへ行くのか
どことも知れぬ
遠い国の果てへか

粟田山で
息
苦しくなって
休息したが
涙あふれて
頤伝って
乾いた土をぬらした

山科で
夜は明け切った
走り井で
涙おさえて
水飯《すいはん》を
口にした
足は痛み
膝は曲らなくなった
息
絶えてしまう
のではないかと
思われた

湖《うみ》が見え

打出の浜に
ついた
倒れこむように
菰《こも》屋形舟に
身をあずけた
浜風が
頬に触り
髪をなびかせた

（ああ　なんて広い
眺めなんだろう）

草の葉がそよぎ
鳥の声が近い

まぶしい水面
浅葱色《あさぎいろ》の空

（あの方が私のところへ
通《かよ》っていらしたのは
私を愛しんでのことでなく
ご自分の本性から
だったのだわ）

天禄元年　夏
申《さる》の刻
女がひとり
石山寺の湯屋《ゆや》で
衣を解いて

白いはだえに
湯をいつまでも
浴びている

V エッセー

風邪の話

「冬よ来い　僕に来い」とうたった詩人がいたが、冬の季節に強い体質の人なのであろう。山小屋に一人籠もって自己流謫《るたく》の生活を送った孤独の詩人を、本当に心身共に強い人だったと想像する。

シベリヤ抑留生活では数万の日本人が厳寒の過酷な強制労働の下に死んで行ったというが、さしずめわたしなら真先に命を失ったであろう。

冬の季節を怖れるのは風邪による病臥のうっとうしさがつきまとうからである。この冬は――というよりまだ十月の秋のころから風邪をひき、とうとう年を越して三月まで六か月も風邪を持ち越してしまった。

風邪のパターンはきまっていて、少し熱が出て汗を出し、これを何度もやって下着を何回となく着更えて熱がひいていくが、後にのどの炎症がつきまとう。呼吸器をいつもやられる。

のどの炎症が一か月以上つづくと心配になり、内視鏡検査で異常がないかをしらべてもらう。それで異常がないと安心しても炎症はなかなか治まらない。

小島輝正さんが『ディアボロの歌』で、風邪のことを書いていて、「結局病気に勝てるかどうかは医者や薬の問題ではなく、本人の体の問題なのだろう」とあるのは、深い真理だと受けとっている。

風邪は体のバランスをくずしたのであり、これを元に戻すのは自分の体の中の回復（能力）因子であると思う。この因子は自律神経系のようで、当人の意志力ではどうにもならないらしいのがまことに残念である。

風邪にかかるのは気のゆるみだというのは真実だと思うが、風邪を治すのはどうじたばたあがいてもどうにもならない。一日で治る人、三日で治る人、五日で治る人、それぞれの回復因子が相異するのである。

もっとも軽い風邪で、治らねばならない事態に直面した場合、あっさり治ることもあるから不思議である。小島さんの言うように「医者や薬の問題ではない」らしいのだ。

このたびはどうしても休みを重ねられなくて、九十分の講義を強行したものだから、これを重ねるうち、のどがおかしくなったのだろう。のどにポリープ発生の警告を受けてしまい、職業柄たいへん困ったことになったと事態を深刻に受けとめたが、世上カラオケポリープとやらがあると聞き、わたしはカラオケに行ったこともないが、世間ざらにあると聞いて少し安堵した。

健康なときは健康であることが当然のことのように思われ、いったん病気をするとこんどは健康であったことがまことに稀有なことのように思われるからおかしい。

吉野弘の詩の一節に

他人を励ますことはできても
自分を励ますことは難しい
……

とあるのを、これも真理だと受けとめている。「病気」という語もよく名付けたものだと思う。風邪ぐらいでと健康なときは思うが、風邪をひいたときのうっとうしさは、まさに「自分を励ますことは難しい」と実感する。風邪は神様が与えて下さった休養だとは思うものの、一方で苦痛と、いつまでも休んでおれない気持ちとで、風邪ぐらいと軽くあしらうわけにはいかない。

「春よ来い　早く来い」の思いで冬が過ぎるのを今か今かと待ち遠しい思いで待つようになった。年のせいかも知れない。

モロー展そのほか

震災にこだわること

あの地震のことを思えば、この世に安泰などというものはないと言ってしまいたくなるが、それは早計に過ぎよう、と思い返す。だが、死ぬほど退屈というところもあるのだ、別のところでは。

地震は数十秒のことであったが、震災は今も尾を引く。何をそんなにいつまでもこだわるのだ、もう飽き飽きだと言われようが、事態は全くといっていいほど片付いていないし、尾を引く事柄が次々と生起していて、渦中に居る者としては、とても飽き飽きなどとは言っておれない。人の死もそうだが、時間が経てば経つほど、あのとき気がつかなかったことをふと思い出したりなどして、遠ざかれば遠ざかるほどものの陰影がくっきりと浮かびあがってくる。

大きな建物の回復と小さな家の立ち腐れ。解体撤去作業は、半年後のこのごろようやく進んできたというもののまだ傾きかけて突っかい棒をした家もあちらこちらに残っており、むき出しの鉄骨が雨風に叩かれて赤錆びて徐々に酸化していく。

通りすがりに見える風景はそれとして、その見えない部分で進行している人間くさいドラマはどうだろう。これまで日常性の陰に隠れて露呈されなかった部分が、日の当たる部分に出てきて、怒声、金切り声、わめき声になって耳をおおいたくなる惨状も見せている。目先のわずかな利害に目くじら立て、興奮しいがみ合っていら立つ。

復興などというものは、所詮きれいごとでも美談でもなく、多くの争いとあきらめの結果、落ちつかせるしかないので落ちつかせるものだ。

予想されたとおり、人の少なくなった都心部にはハエと蚊がすでに大量発生しており、またカラスがわがもの顔にごみ袋を突ついている。

外見から大丈夫だったかと思われた家屋がとり壊されていく。無人地帯になった町に残るわずかの家にひっそりと人が住む。水圧のみがこれまでよりもずいぶん高くなって、蛇口をひねれば水道水が勢いよくほとばしり出る。

人の手で造り上げた建造物は、地震で脆く崩れ落ちたが、対照的に樹木は生き生きと残っている。梅雨でたっぷり水分を吸い込んだ樹木が夏空に向かってたくましく枝葉をのばしている。どうして種子が飛んでいったのか、跡地に草ぼうぼうのなか、鶏頭がいちはやく四十センチくらいにすっくと立ち上がっている。

被害者意識というふうに人から言われるのであるが、震災地のまん中に暮らしていると神経が研ぎすまされる。風の音にもおどろかされ、睡眠中雷の音に目がさめて眠れない。テレビはあいかわらず愚かな宗教論議を国の一大事かのように喋っているので滅多に見ない。心を明るいほうへ向けよう、楽しいことを取り入れよう、取り越し苦労はしないように——と自戒のこのごろである。

モロー展のこと

四月から五月にかけて三回、京都へ出掛けた。いつもと変わらぬ京都へ。その三回の中、二回はやきものを訪ねて歩いた。また一回は、ギュスターヴ・モロー展を見に行った。

モローにひかれるようになったきっかけはもう十年余り昔、東京のブリヂストン美術館で「化粧」と題された小さな絵、また大原美術館で「雅歌」という題の絵を見たことによる。それからモローが好きになって、岐阜美術館の二枚の絵も何度か見に行った。

そのうちモロー展が開催されると聞いて楽しみにしていたのに、あいにく十二指腸潰瘍と痛風とで入院の破目になり、会期中とうとう見に行けなくて、まことに残念であった。たうろす誌上に「モロー小論」まで書いた。行動力があればパリのモロー美術館へ行けばよいのだが、腰重くして、代わりにモロー全作品カタログ（図録）を購入して眺めるだけに過ぎていた。

このたび三百点余の油彩、水彩、版画、スケッチなどが集められて開かれるというので、それこそ飛んで見に行った。

圧倒された。

この中の一枚か二枚の絵だけでも、一日も二日もいやもっともっと眺めていたい気持ちであった。好きな絵はこれとこれというふうに値ぶみした。盗んでこっそり手元におきたいほど。多くの見物人の頭越しに、押されるようにして、わずかの時間しか見られないのは残念というしかない。

モローは下手な画家なのか、達者な画家なのかわからないような描き方をする。むろん達者な腕をもった画家であることはわかりきったことだが、画面ではわざとバランスをくずしてみたり、遠近法を無視したり、一枚の絵の中で異なる手法を使ってみたり、そんな試みが見え見えで、おもしろい。

モローは、女のような顔または手足の男を描いているかと思うと、一方では男のような姿態の女を描いたり、ときには両性具有的な男女を描いたりしていて興味深い。

このたび注目した絵の一つは「洗礼者ヨハネの首を持つサロメ」（個人蔵）で、モローはこのテーマの絵をいくつも描いているが、人目をひくものだった。これは「オルフェウス」のテーマともよく似ているが、人物の様子は大ちがいで、まず、鮮烈な赤の衣装が大きい部分を占めていて、背景の濃紺と強いコントラストを示す。この赤は血である。「化粧」という絵でも点々と身に付いた赤を血と感じて見たが、このサロメの衣装の赤は鮮烈だ。盆の上にのせられたヨハネの首から流れる血をいわば身にまとっているのであろう。静かではあるがはげしい絵である。サロメの表情が印象的。男性的な相貌ともいえるが、凄艶そのもの。(しかし、いささか現今の劇画風と言えなくもない。そういうところが、モローの現代性というのかも知れぬ。)

この後風邪を引いて寝込んでしまった。震災以来はじめての風邪。緊張しているとき風邪は引かないというから、気がゆるんだのだろうか。初夏の風が吹いているのに、鼻水がとまらない。疲れのようなものが体の芯から吹き出してくるようである。

役所から役所への報告文書に説話を語る不思議

火明命《ほあかりのみこと》という、どうにもならない乱暴息子がいて、この両親はこの子を捨てて逃げようと、家財道具を船に積んだ。ところが、この子に気付かれて船はひっくり返され、家財道具はあっちこっちに散らばった。その跡がそれぞれ丘になって残った。

こういう話を『播磨国風土記』は載せている。播磨国庁があったと思われる日女道(姫路)を中心とした地域の説話である。今日も、姫路市内にはいくつかの丘が残っている。むろん、これは河川の氾濫によって一帯が泥海になった古代以前の伝承であろうと思われるが、こんな話を役所間(播磨国庁から大和の中央官庁へ)の公式文書たる当国風土記に採録している。

わたしは、こういう説話を豊富に載せた『播磨国風土記』の内容を不思議と思っている。なぜかというと、この書の書き手も読み手も役人であって、『竹取物語』や『源氏物語』のように一般読者を想定して、多くの人に読ませようとか楽しんで読んでもらおうという意図は全く必要のない報告文書であるからなのだ。

風土記作成の命令の意図は、中央官庁による地方支配、あるいは地方の状況把握のためだったというが、火明命の説話など、いったい何の役に立つというのだろうか。『播磨国風土記』を編纂した人々というのは、どういう人か。それは、当時の播磨守だった巨勢朝臣邑治とか石川朝臣君子という名が『続日本紀』から拾い出せるが、要するに、かれらは中国大陸から舶来した書物を読んで、先進文化（漢字を含めて）を身につけた、いわば第一級の「文化人」であって、中央官庁から派遣されてきた人々である。

かれらが役人とはいえ、学問を学び深い教養を身につけていた人々だったことは、疑う余地も無い。かれらは土着の、先のような伝承にふれて、これにとびつき、中国の史籍にならってこのような報告文書をまとめたのであろう。

こんにち、官庁が発行する（統計中心の）××白書とは大違いである。

ということで、わたしが言いたいことは、漢字をまだ十分に和語に当てはめて使いこなすことのできなかった——いや、ようやくに使いこなし始めた時代（それは『古事記』成立とほぼ同じ時代）、すでに一部の人々は（識字層と呼ぶが）、合理精神に目覚め、説話のおもしろさを知り、いわば文学の何たるかの自覚をもち始めていたということである。

奈良時代から平安時代へ——その後の日本文学の爛熟の速さは、驚くべきものがある。

それからおよそ千年、文学史はそれぞれのジャンルで頂点を極め、およそ試みられるほどのことは試み尽くした。定型短歌は、記紀歌謡から発して、万葉集歌から新古今までで、花を咲かせきった。文化は爛熟すると衰退にむかう。芸術のあらゆるジャンルは、二十世紀まででやるべきことの極北まで達し、もはや「天が下に新しきことなし」と言っても、言い過ぎぬところにきてしまった。

科学の世界、あるいは技術革新も情報伝達もますます進化の様相をみせているけれど、その伝えるべき情報の内容たるや、ますます貧困になりつつある。

過去の遺産の再生産は巷に多くみられるけれど、それらはかつての巨匠たちの跡をなぞった亜流に過ぎない。鑑賞者大衆はまだまだそれらにひきつけられているのが現状であるが、真の創造というものは至難の技であり、ほとんどは歴史に無自覚な自己満足の空しい仕業である。

絵画の世界では、遠近法、写実技法は頂点を極め、それをのりこえんとして、前衛絵画、抽象絵画が進出してきたけれど、あらゆる試みは試み尽くされ、もはやそれらをのりこえた新しい創造世界は不可能に近いと、わたしはみている。

実のところ、これは芸術の領域の苦境にとどまらない、人類そのものが愚かで危険な方向へ走り出しているという、暗い認識がある。

このとき、芸術が救いとなるか、共倒れとなるか、その先への知見は及ばない。

いずれにしろ、詩人も音楽家も小説家も、現実認識と技法の両面から、今立っている足元が崩れてゆくような、足のすくむ思いから逃れられないのではないだろうか。

マーク・ロスコのことなど

千葉県佐倉市に川村記念美術館がある。総武線快速で東京駅からおよそ六十分。駅舎を下りて送迎バスがあるが、六十分に一本程度。タクシーで行くと、すぐ町並みをはずれて田園風景がひろがり、一瞬、どこまで？　と思うほど。ここにマーク・ロスコ・ルームがある。マーク・ロスコといっても知らない人が多いだろうが、アメリカの画家である。抽象画家。その絵は、批評家からカラーフィールド・ペインティングと呼ばれている。馴れない人はこれを見て、これは絵なの？　といぶかるだろう。そう、これが絵なのである。西洋美術史を繙いて、その絵画史の先端にこのような絵が生まれたということである。マーク・ロスコの印刷複製画を見て、心ひかれるものがあり、大阪の「夢の美術館展」（二〇〇七年）で一枚のマーク・ロスコに出会い、日本にもマーク・ロスコの絵が七枚もあると聞き知って、はるばる見に来た。

部屋ひとつがマーク・ロスコの絵七枚で構成されている。暗い照明のなかで絵と向き合っていると、これこそ絵だという実感がわいてくる。宗教画、肖像画、風景画、静物画――そうしたさまざまの絵画の歴史の極北に、このような日常世界の再現でない絵画に行きつく。これこそ絵だと思えてくる。

一方、詩歌もまた人間世界のさまざまな局面を言葉で再現しようとしてきた。喜怒哀楽、生死、旅、風景――人間をとりまくあらゆる状況から詩歌は生まれた。描写という方法で日常あるいは人間感情を再現しようとしてきた。しかし、それで事足れりであろうか。詩人、歌人もまたその先を求めて苦しんできた。言葉というこの道具（モノ）を手掛りとして「作品」を創造しようとしてきた。日常の再現ではない、詩独特の世界を切り拓こうともがき苦闘してきた。

わたしたちは小学校以来、国語の時間、詩に出会うと「この詩の主題は何か」「詩人は何を描こうとしているか」「この詩の技巧を指摘しなさい」などという教師の指導に従って、詩とは主題・動機・意図・技巧のあるものと教え込まれ、詩に接するとそういう疑問を解こうと身構えてきた。ところがいくら読み返しても、わからない作品に出会うこともあって「読解」を諦めたり、現代詩は難解なものという「偏見」に陥ったりするのであった。果たして詩の読み方とは、国語の時間に教え込まれたように「謎解き」をするものなのだろうか。絵画では――これは夕暮れの風景、これはりんごとぶどうの絵、これはどこかの王侯一家の肖像画というふうに描かれたものを確かめて事足れりとする――それが鑑賞というものなのだろうか。

ヨハン・セバスチャン・バッハのゴルトベルク変奏曲という音楽がある。音楽学者はこの音楽の構造を見事に分析し、解説する。しかしそうした分析や解説を通り抜けなければバッハのゴルトベルク変奏曲は聴けないのだろうか。（わたしはゴルトベルクをくり返し聴く。曲の分析など忘れて楽しむ）

詩の読み方も、作者たる詩人の経歴を調べたり、時代背景を探ったり、作品の構造を分析したりしなければ味わうことはできないのだろうか。

否、である。作者のことも、作られた時代のことも忘れて作品に埋没し、陶酔することはできる。そうした後で調べたいことが出てきたなら調べればいい。

わたしたちは解説や分析――つまりは「専門家」の意見や権威に頼り過ぎてきたのではないか。じつはそれら専門家も権威も作品に近付くのに絶対のものではなく、かれらの意見とてときには片寄ったものであったり、主観的に過ぎないものであったりするのに、気がつかなかっただけのことなのである。

もちろんものを見るということはかんたんなことではない。一枚の絵、一篇の詩、音楽の一曲――それぞれを味わうに不用意に近付いてもはね返されることは当然である。(ゴルトベルクを初めて聴いて好きになったわけではなく、くり返しくり返し聴く中にだんだん好きになり聴き逃していたことが聴こえてきたような気になり、のめり込んでいったのである)

鑑賞にも批評にも奥行きがある。深さがあると言いかえてもよい。子どものころ読んでよくわからなかった小説を大人になって読んだらよくわかってきておもしろさが感じられたということはよくある。そういうことなのだ。

人とのつき合い方というものの難しさにも似て、作品とのつき合い方というものはやはりかんたんなことではないのだ。(いや、かんたんでもあり、かんたんでもないと言い直したほうがいいのだが)直観も大事、つみ重ねも大事ということか。

作品へのめり込むカギというか入口というか、それを見つけることがまず大事だ。

このごろ「テキスト論」という方法がもてはやされている。かつて国文学でいう本文批判《テキストクリティーク》とは少し違うようだ。作者の言うところを参考とせずあくまで作品そのものを中心に据えて論じるものらしい。

たしかに作者の立場に立つ、ということは大事だ。がしかし、たとえば演劇の場合、役者と観客とはいくら一心同体状態になっても観られる側と観る側とは決定的に位置が違うのだ。作者がこういうつもりで書きましたと言っても、果たして作品自体は作者の意図どおりに出来上がっているかどうか、大いに疑いを抱くべきである。作者の言うところは横において作品自体をしっかりと読み取ること――これがテキスト論であろう。

これまでの国文学の世界では傍証固めをしてから作品をみることが多かった。だが、作品だけを独立させて眺めてみることも大いに可能なのである。

マーク・ロスコを見て帰神してからしばらく風邪で寝こんだ。ロスコ熱だと言ってみた。とにかく、熱の中で右のようなことを考えていた。

手帖から（断片）

暗いもの、悲惨なものを避けて、明るいもの、美しいものを求めるのは人の常であるが、このごろとくに若い人の中にその傾向が著しい、とみる。詩の授業の中で石原吉郎の詩を採り上げていると、もっと明るい詩を採り上げてほしい、と言われる。明るい、楽しい詩は、他にいくらでもあることは言うまでもないが、戦争詩や暗い現実を内容とした詩も避けて通るわけにはいかないと思う。自分が暗い、苦しい現実に向き合っていなくても、そういう現実に向き合う人の心を理解するのも大切なことであろう。そうでないと、片寄った人間になると思う。せまく、小さい自分だけの世界に閉じこもってしまう傾向がこのごろ少し目立つように思うのだが。

*

読むとは、どういうことか。それは書かれたものを理解・把握するだけのことではない。書かれた内容に共鳴したり、学んだり、反発したり、吟味したり、対話したり、批判したりと、さまざまの対応が読む側において行われる。ところが、それら多様な対応なしに、ただひたすら一方的な把握のみを求めているのが、入試における国語問題である。論文試験はやや異なる。読者が著者に異議申立てのできない「読み」は一方的であって「読み」とは言い難い。それは学校現場における教育の構図といささか似ている。答えがきまっていて、一つの答えだけが求められている。読者の立場からする批評というのも読みの一つである。読みの多様性を認めなくしているのが、学校教育における国語の授業ではないだろうか。こうした偏向の実態を反省し、認識することが大事ではないだろうか。一部の識者はすでに気が付いて、声を挙げている。私自身、現場に携わる者として、日頃から大いに反省しているのではあるが。

＊

人は、この世に生を受けたことを当たり前のように思い、とくに若いころは生きていることに無自覚ですぐに死んでしまいたいと思い、命を大切にしない。生きているということが、本当に稀有なことで、いかに難しいことで、いかにはかなく、危うものであるかに気付くのは、年を取ってからのことである。死と向き合って、人はやっと気が付いたようにうに生きていることの有難さにすがりつく。私もそれは例外でなく、今やっとわかることがある。人も生き物も全て同じあり方であること。私が生きてきたこと――そのちっぽけなこと、世界は私の外にもっと広いということと共に、十代、二十代では気付かなかったことが、わかる。そういうことを考えていると、心はやさしくなる。

＊

戦争が終わって、昭和二十年九月以降の小学校の様子について、もう記憶が薄れたけれど、ひとつおぼろげに憶えていることがある。疎開先の田舎の小学校で、男の教師はとめどなくお化けの話をしていた。おびえてやめてほしいという女の子もいたが、うれしがる子もいた。教師は次々と話をこしらえつづけて話した。しらけて聞いているらしい子もいた。わたしは、お化けはこの世に存在しないと思っていたから、怖くはなく、どちらかといえば、しらけて聞いているほうの子どもだった。

子どもの感性は鋭いもので、この教師がどういう気持ちで得意になって喋っているかを、見抜いていた。それは子どもたちへの阿諛、追従以外の何ものでもなかった。不快に思っていた。

大人のもつ虚偽、虚栄、欺瞞を見抜く目を子どもは十分、備え持っている。教師は子どもを見くびり、つい隙《すき》を見せているのにみずから気付かない。子どもは知識、経験では大人に劣るが、直観力は鋭くて、教師の力量を見抜いてしまう。恐ろしいほどだ。ゆだんしてはならない。あなどってはいけない。教師のリーダーシップは日々試されているのである。

＊

善か悪か、美か醜か――二項対立で事柄を図式化することは、明確・明快のようであるが、事柄はそんなに単純なものではない。西欧の論理にはこうした両極に分けて事柄を図式化し論争することがしばしばあるが、実際、物事は多面的である。二項対立では片付かぬことが多い。物事の実際はカオスであったり、中間項が多くあったりして甚だ厄介である。政治の世界から学問の世界まで、このように片付かぬ状態が現実の姿である。日本的論理は曖昧を是《ぜ》とするといわれるが、右か左かに処理することの粗雑さに思い到らねばならない。従って、判断も二者択一をやってしまうと、中間的真実は消え失せて、具合が悪い。割り切ることができないのを無理矢理割り切ると、余りが出てしまうのである。

＊

一本の葦が枯れても葦の群れは生命を引き継いでいく――と高樹のぶ子は、辻井喬の詩集評（「死について」）で書くが、葦の群れの死滅が目前の危機としてある、と考えたらどうか？（あるいは）一本の葦（自身）にとってその一本の葦の死こそ重大と。それが文学というものではないか。

＊

女の美しさは、ある。
美しい女というのは、ない。

わたしがみつめているものも、あなたがみつめているものも同じ対象なのに、どうやら別のもの見えているらしい不思議。

＊

振り返って

私の過ぎ来し方を振り返ってみると、幼年時代は病弱で祖父をはじめとして家族の気遣いは相当なものであったようだ。私の先に生まれた男子が看護師の不注意により三日の命であったため、私は大事に大事に育てられたと聞く。腺病体質と医者に言われ、定期的に栄養注射をされた。それでも六歳の頃肋膜炎を患い、病臥したことを憶えている。表座敷に布団を敷いて寝ていたが、その下の畳が熱と湿気でかびが生えていた。そんなわけで幼稚園にも入らず、いきなり小学校に入ったので、友達がなく、いじめられたものである。かばってくれる子どももいたけれど。いっぽう、戦争は末期状態で、空襲警報のサイレンがしばしば鳴り、授業中断、ときには下校――まともに勉強のできる状況ではなかった。私は、絵本の世界に逃げこんでいた。が、まもなく疎開が始まり、私は縁故疎開で島根県へ両親と共に行った。その間、空襲で神戸のわが家は全焼。祖父は火の中へとび込もうとしたらしい。祖母が気付いて引き止めた。命があれば家はまた建つ、と。戦災からの復興は容易なことではなかった。バラックと呼ぶ仮小屋を建て、祖父・父の苦労が始まった。せっかくうまくいっていた祖父と父の建築業の仕事は戦争でひっくり返り、元のようにはいかなかった。祖父は、苦労の末、何度か胃潰瘍で血を吐いた。商売上のことで祖父と父はよく口論になった。建築業界も戦後は大資本・大企業でなければ、下請にまわり、日陰の仕事になった。そんなわが家の状況の中で、私は大学に行かせてもらった。持病の喘息に苦しんだ。小学校は空襲のためまともに勉強できず、中学校は新制となり、寄せ集めの教師や、復員教師でやっと授業が行われたものの、歴史の時間に吉川英治の小説の筋を話す教師や戦争の体験を得意になって話す教師たちがいた。尊敬できる教師はわずかだと子ども心に感じていた。学校という場所を束縛の強い場所として嫌悪した。はやく大人になって束縛を抜け出したいという思いばかりが強かった。高等学校に入って、やっとまともに勉学らしい雰囲気を味わった。友だちの影響もあり、西洋古典音楽に夢中になり、いっぽうで文学の世界に心を熱くした。学校図書館の岩波文庫や世界文学全集の翻訳を片っ端から借りて読んだ。職業として将来、自分の進む道は、祖父や父のような建築ではない気がしていた。もし周囲に建築志望の青年がいたら、その影響で建築士を目指したかも知れないが、祖父や父の仕事を見ていると、自営業としての建築は自分には向いてないと思った。文学や哲学、心理学、論理学を本から学び取るうち、小さいころの人間観が少しずつ、変化してきた。大人を得体の知れない怖い存在とみてきた気持ちが、人間の心の中が少しずつわかるような気がして、安堵した。本の中の登場人物がどうしてそんな考えだけで行動するのか——上から眺めるような気分で、別な視点から考えたらもっと違った行動もあり得る、という事柄に気付いたことは、大きな変化をもたらした。考え方の多様性の獲得、あるいは自分をもう一人の別の自分の目で眺めるということは、冷静な立脚点を保つ一つの方法であると思った。ある状況に置かれた人間が、次にどういう行動をとるか、どんな心理状態にあるか——わかるような気もした。自分は人見知りの強い、消極的で暗い人間のように思ってきたが、自分の中にあるもっと違った側面に気が付いて、祖父や父から受け継いでいるもののあることにもようやく気付く年齢になっていた。そして、自分の内部の力で自分を変えていけるのではないかという考えも生まれていた。フランスの思想家アランの言葉に「人は賢くなりたい分だけ賢くなれる」というのがあって、それは高校から大学に進むころの、私の大きな励ましになった。受身な勉強方法からアクティヴな方法に転換してみると、したいことがいっぱいあった。そこに自尊心が加わり、今まで立ち止まったり歩いたりしていたのが、走り出すような気持ちになった。賢くならなければ、という思いでいっぱいだった。大学ではそういう学生たちがたくさん集まっていた。自分が大学に入ってまず驚いたのは、高校の教科書に名前の出てくるような人が教壇に立って目の前に居ることだった。英文学では工藤好美先生や多田英次先生、二宮尊道先生、フランス文学では宮本正清先生（集中講義）や小島輝正先生、いずれの先生もりっぱな方ばかりで、深く畏敬の念をおぼえた。

教養課程では文学ばかりでなく、経済学や言語学概論や自然科学史など、はばひろく講義に出席した。国文学を選んで専門課程に進んだのは、仏文の小島先生のおすすめによるものだった。永積安明、猪野謙二、島田勇雄先生ほか錚錚たる学者が身近であった。ゼミでは本当にものを調べるということが、どういうことなのか、身に染みて教えられた。

大学生時代に祖父が亡くなり、家業が倒産した。私は、胸膜炎を患い、家で病臥生活をし、卒業を一年延ばした。病臥中に多くの古典や翻訳小説を読み耽った。トーマス・マンの『魔の山』、ショーロホフの『静かなドン』、ロマン・ローランの『ジャン・クリストフ』『魅せられたる魂』、野上弥生子の『迷路』など。教育実習はすませ、教育単位は修得していたが、まだ職業として自分の進む道は、はっきりしていなかった。世の中は不景気で就職難の時代だった。同期生はすでに卒業していたが、その就職先は新聞社や広告代理店、一般企業などさまざまで、教職は多くなかった。大学院はまだなくて専攻科があるだけで、他大学の大学院に行く学生もあった。デモ・シカ先生という言葉が流行っていたが、私もデモ・シカで就職活動は市内の学校を訪ね歩いた。(教師にでもなろうか、教師にしかなれない――というのがデモ・シカである)そんな志のひくい学生を拾い上げてくれるところもあったのだ。陰では大学の先生や父などの助けがあったことを知っている。

このころから体力、体調もようやく安定し、喘息も少しずつ遠のいていった。体重も五十キロ以下だったのが、五十キロをこえはじめていた。おそらく資質も考え方も教師に向いていないであろう人間が教師の位置に付いてしまった。中学・高校の教師と大学の教師の違いのひとつは、前者は自分が研究・発見したのでもない事柄を受け売りで生徒に伝達するところにあり、後者は少なくとも自身が研究し、研究しつつあるところを学生に伝達するということではないだろうか。だから高校教師のほうが楽だとは言えないが、その代わりに学問研究以外の多くの仕事が教師を取り巻いていて、とても自分の研究に時間を割く余裕のないことが現実だった。土曜日の授業もあり、日宿直もありクラブ活動の指導もあり、まだその他にも数多くの仕事があって、中・高校教師はまさに肉体労働者である。田中角栄内閣のとき、教員を少しでも厚遇し、質の良い教師を現場に送ろうということで、少しずつ待遇はよくなったけれど、教師の置かれている境遇は恵まれたものとは言えなかった。その後大学を中心に各地で学生運動の火の手が上がり、教師は学生からつるし上げられる立場に立たされたようであるが、いったい教育問題の本質はその中で明らかにされたのだろうか。知識や情報を所有する立場の者と、それを教わる立場の者とは、対立なしに平和的に存立し得るものかどうか。先人たちは言う、師をのりこえよ、と。師をのりこえるためには師の説を肯定的に受け入れることで事終われりとはならないはずで、師は踏み台になる覚悟が求められる。学問探求はそのようにして否定の上に新たな学問研究の方向へと歩み出す。

さて、教育の場ではつねに教師が学生・生徒より偉いわけではない。大人が子どもより偉いわけではない。子どもの心のうちにひそむ直観力というものは、容易に大人の人格を見透かす鋭い感覚を蔵している。大人がのんきに子どもに相対しているとき、子どもは感覚においてその大人の力量を見抜いているものである。おそらく誰もが幼少期にそのような体験をしたであろう。教室で、愚かな教師が児童の前で、浅薄な技量を見抜かれて、恥をかいているにもかかわらず、その事実に気付いていないという場面を。体は服を着ていても、心は裸である。日々精進のない怠け者の教師は、成長する子どもの力に追い越されてしまうものである。勉学を強制する教師自身が技《わざ》を磨かず教育技術が止まったままの状態で生徒を退屈させ、白けさせていることに気付いていないとしたら――。私は毎日が反省の思いで夜をむかえたものである。教室において教師が感じる時間と生徒が感じる時間とは同じではない。つまらない小説なら読むのを止めて放り出せばすむが、教室における生徒は放り出すことができなくて、忍耐を重ねているということ――それがわからない教師では、子どもは災難である。勉学のおもしろさにいかにして引き込めるか、それが教師の力量である。勉学は本来おもしろいものではない、と教えこむのに教師ががんばっているとしたら、それは正しいであろうか。勉強とは、基本的な物事に習熟させることであって、根気のいることであり、坂道を登るように骨の折れる事柄であるとしても、その苦しみがただ意味のない苦しみに終わるのではなく、楽しみ・快楽に転じ得るものであるからこそ、努力はなされるのであろう。

成長過程にある子どもが教師の目の前でみるみる成長変革していくのを見るのは、楽しい。子どもが学習の方法をつかんで、意欲的に学習に取り組んでいる姿は、楽しい。

子どもに背かれ、憎まれ、疎んじられても、子どもが自分の力でしっかりと目標をつかんで自分の道を歩き出している姿が見られたら、教師はうれしい。病人が回復していくのを眺める医療従事者の気持ちに匹敵するであろうか。学校という場は、ときに子どもの伸びる力を押さえつけたり、ゆがめたりするが、子どもがそれに耐えて、みずからの力で成長していく姿が見られたら、それは教師としてこの上なく、うれしいことだ。勉強の成績のできる、できないにかかわりなく、自分で自分をつかんだ子どもたちを多く見てきた。「賢くなりたい」という炎を胸の中に燃やした子どもが、どんどん「賢く」なっていくのであった。

ところで、ある小さな文学事典の項目のいくつかを引き受けて書いていたとき、気付いたことがあるが、明治、大正期の文学者たちが世に出る前、かならず文学仲間の中から芽を出していることであった。今でも同人誌をやっていて、そこから世に出ることがめずらしくない。稀にぽつんと一人でいい作品を書いて認められることもある。金子みすゞという人などは後者の例である。大輪の花を咲かせる土壌というものが、そこにあるようなのだ。そういう意味で、ときに逆境となる場合もあるが、才能が芽を出すのには、大切な土壌が存在すること——それが人間の場合にもあてはまる。いい師に出会って、人は磨かれ育まれて、世に出る。環境というものの大切さが指摘され得る。

高校教師時代には、いろいろなことを経験した。子どものみならず、その子どもの家庭とかかわらねばならぬことも、しばしばあった。医者が患者の立場に立てないように、教師も子どもの立場に立つことは不可能であるが、それでもさまざまの家庭にかかわらぬわけにはいかないのでもあった。かかわらぬまでも、家庭のことを知らないですまされぬこともあった。制服を着ている子どもを見ていると、子どもはみな同じように見えてしまうが、子どもの心、気持ち、目の向いている方向など、実にさまざまである。高校教師は教える立場にありながら、一方において、子どものことを知る義務を負っていると言ってもよい。命を預かっているとも言えるだろう。重い責任を負っているのだが、教師はそのことをどれほど自覚しているだろうか。二十代の教師にはごく一部の人を除いて、その自覚はまだ小さい。さまざまの事柄に遭遇して、教師は教師に成長していく。若さは教師においても力であるが、若さだけでは教師の荷は重過ぎる。ところが、年老いて経験を積んだはずの教師が、その経験を生かそうとせず、一方で若さを失いながら何もかも失い続けていく情けない姿も見ないわけにはいかなかった。子どもは鋭い目で教師を見ているというのに——。つねに自分を磨き、成長を続けている教師がいる一方において。

大学ではどうであったか?

みずからの研究業績を積み上げていくという課題を背負っているという自覚はまず、大学人には必須である。ところが、やはりここでも地位に自足して、十年間に一度も論文ひとつ、本一冊書き上げない大学人がいるという驚きがあった。日本の悪しき終身雇傭制に安住してのことだろうか。学会で研究発表したとき、たいてい、若い学徒は、先輩学者たちに叩かれて、自分の研究結果がどれほど稚いものであったか、身の程知らされる。重ねて発表の機会を得ても、またもや叩かれて意気消沈の極につき落とされる。こうして、つらい思いを重ねながら、一方で師の庇護を得て、ようやく芽が出てき、論文もまともなものに育っていく。

研究室に一人いて、私は果たしてホンモノの大学の教師であろうかと、自問をくり返していた。自前の学問を学生の前に押し出していけるだろうかと、煩悶していた。いくつもの講義を担当しなければならず、ノート作りに苦労した。初めの一年目は、途中で体調を崩し、つらい身を押して教壇に立っていた。そのとき思ったのは、人間の体は心と一つにつながっていて、精神的なプレッシャーが体をそこなうのだ、ということである。二年目の始まる前の春休みに体勢を立て直し、心機一転して、ようやく元の体に回復した。他人目にはおそらく知られなかっただろうと思う。研究の時間的余裕は、たしかに高校とは違って恵まれていると思った。

私の研究テーマは、『播磨国風土記』の研究である。『播磨国風土記』を採り上げたのは、まず、地元に近いという地理的な面である。しかし、『出雲国風土記』その他にくらべて『播磨国風土記』の研究はまだあまり進んでいるとは言えなかった。研究者も、歴史家がほとんどで、文学の面から研究している人は、ほんとに少ないのであった。『播磨国風土記』に注目するより前、私は漢字が日本に入ってきて、口頭伝承から記録へという新しい時代が、そこに始まったというところに、まず関心があった。『古事記』などと同時期に書き上げられたということから、日本文学の始源というテーマで風土記を考えてみようと思った。ちょうどそのとき、大学の米口實教授から『播磨国風土記』について定期的に米口教授が主宰発行している短歌誌に書いてみませんか、というお誘いを受け、喜んで書かせてもらうことになった。これがもとで、現地にしばしば足を運び、五年余にかけてフィールド・ワークというほどでもないが、私の研究はつづいた。いっぽう、最近の十年ばかりの期間、日本文学のこの時期の研究はかつてなかったほどに豊かに進んだ。若い学者がこの方面の研究に取り組んで、その成果はめざましいものがある。

さてここで震災（阪神・淡路大震災）のことに触れておく。別項で具体的な事柄にふれ、当時（もう十四年もたった）書いているが、今の時点での感想を書いておきたい。震災はその被害を受けた家族にそれぞれ差のある形で被害の跡を残した。家族を失った人、生き残った人にとってはその被害は最たるものであろう。命を失うということは最も悲しい事柄である。取り返しがつかないから。家は倒壊しても焼失しても財力があればまた再建できる。とはいえ、全ての人に財力があるわけではなく、それぞれに大小さまざまの負担を強いた。震災の被害の度合いも人それぞれを分けた。震災から何日かは共通の被害意識を抱かせたが、立ち直り方がさまざまな分、人と人との絆は、断ち切られていった。それにしても全く被害のない他土地の人々の中には、何とも冷たい、思いやる心のない人がいた。これは震災に限らず薬害とか公害による被害者への冷たい目も同様で、人は人に対してそんなに優しくもあたたかくもないものであると思い知った。もともと、私は人間は天使と悪魔の二つの核を抱き持っていると考えるから、今更おどろくことでもないが、近代都市が生みだした人間の孤立意識は、ふたたびあの村落共同体の意識に戻らぬことはまちがいない。ただ、家族の連帯感は強くなった。もっと極端な危機的状況になれば、家族すら解体してしまうかも知れないが、地震による家屋の破壊に対しては、結束した。いっぽう、行政は何をなし得たか？　唯一、助けとなったのは破損家屋の公費解体ぐらいではなかろうか。震災を機として都市計画を押し進めようとした神戸市は、ずいぶん強引で再建につい て長く尾を引いた。国は個人の私有財産まで保障しないとして、積極的救済を行わなかった。地震は、現代社会も乱世の時代といわれるわが中世の『方丈記』に描かれた状況とあまり変わるところがないことを露呈した。いや、いつの時代も乱世であって、平穏無事と思っていると、一寸先は闇ということになる。

今はようやく諸事落ちついて、小春日和の心境ながら、やがて訪れる厳しい冬を待つ思いである。

人の生きる最大の意味は、みずからがよく生きて、家族・子孫を残すことくらいではないだろうか。人それぞれ力量いっぱいの仕事をやりおおせて、その仕事の意味も大きいけれど、つまるところ生きたという事実にしぼれるのではないか。人間といえど生き物である。よく生きるということの意味は人それぞれ解釈があろうけれど、生まれてきた命は生きるという自然の流れにそって日々みずからを磨くことでしかない。私が七十余年でたどり着いたところは、小さな丘の上のような立地であるが、それでも麓にひろがる風景は、たしかにはっきりと眺め得る。はるばると来しものかな、という思いが去来する。祖父や父の生きた時代から私の時代を経て、やがて私の子・孫たちの時代が茫漠としてひろがっている。この自然がつづくかぎり人もまた生き物として生き続けるのであろう。

田中荘介さんの作品世界

たかとう匡子

このたび田中荘介さんが自選詩集をまとめるとあって、はじめて時系列で集中してその長い詩的営為を眺めることになった。なんといってもこんなふうに、半世紀を辿っているとしみじみとした感慨をおぼえる。第一詩集『小目野』、第二詩集『少年の日々』は既刊詩集であるが、あとは『日本霊異記』に材を得た詩にしろ、日常生活の折々から成ったたくさんの作品、エッセーにしろ、今回一冊に収められるのだから無理もない。おまけに私たちは勤務する職場の同僚として、また同じ国語科の教師として、そして詩以外の時間もたっぷりあったのだからなおさらだ。未刊の作品も私のなかでは親しみぶかいものが多く、思い出が錯綜する。それにしてもこれらの作品群はどういう水脈をたどって今日に至ったのだろう。

ずいぶん以前のことだが、ある夏休みの昼下がり、お宅を訪ねると、庭のキウイ棚（これはお父上が藤は垂れ下がるから縁起が悪いといってこしらえた曰くつきの棚だが）の下の床几に座って荘介さんは堀辰雄の『かげろうの日記』を読んでいたことがあった。そのときふと荘介さんは古典にも一方ならぬ興味を持っているのだなと思った。こんなことを思い出したのも『播磨国風土記』や今度の『日本霊異記』を材にした詩を読むことになったからだが、改めて聞いてみると大学の卒業論文が「堀辰雄」であり、その指導教官が猪野謙二氏だったという。こういうすばらしい先生との出会いはやはり大きい。そして「堀辰雄」という日本の代表的な抒情の世界とはからずも田中荘介という個の感性とはよく見合った気がする。言葉を変えると自分の資質を見出してくれる先行文学者にいいタイミングで出会えたということだ。田中荘介さんは長い歳月、そこを根っことして一気に駆け抜けることのできた詩人だと思う。

そのうえで改めて第一詩集『小目野』をみてみよう。一九七三（昭48）年、三十七歳のとき、同人誌「たうろす」への参加がきっかけで詩を書きはじめた、この「たうろす」は安水稔和、多田智満子、フランス文学者の小島輝正氏らがつくった神戸の代表的な詩誌で私などは遠いところからみるばかりだったが、ここで発表した作品がこの自選詩集冒頭を飾る『小目野』だ。『播磨国風土記』に材を得て、日本の伝統詩型であるいわゆる本歌取りの手法を使って、「播磨国風土記田中版」ともいえる自由詩型のなかへ自分の心象風景（内的風景）として置き換え、組み込んでいく。そこでは抒情詩はオーソドックスな抒情詩型が生かされて、結局は荘介さんの個性と融合することになった。日本の古代社会と向き合って、その向き合った古代人の息吹も伝わってくる。

死野《しにの》

むかし　ここに荒ぶる神がいて／往来《ゆきき》の人の　半分を
殺したと言う／よって　死野と名づけられたが／のち
品太《ほむだ》の天皇《すめらみこと》によって／生野《いくの》と　改名された／荒ぶる神
とは　何者／何故に　人を殺した／キューバには／虐
殺（MATANZAS）／という地名がある／スペイン
統治時代に／インディオが／皆殺しにされた都市だ／
マタンサス／りっぱな地名だ／そして世界中いたると
ころ／地面は血の色で／赤黒い／おお生野／（死野！）

スペインによるキューバ島征服は十六世紀初頭にはじまった。コンキスタドールとは征服者のこと。ここでは凄まじいまでにたくさんのインディオが虐殺されたが、そこをこの国の「荒ぶる神」とだぶらせ、皆殺しにされた都市「マタンサス」と、詩のタイトルの不吉な地名「死野」をだぶらせている。さらにはこの詩集が出た一九七〇年代をわが国の古代ともモンタージュさせている。思えば、私たちの生きているこの二十一世紀だって、難民や移民の、そして世界中いたるところに核兵器があり、この狭い日本列島にも原発がひしめくようにあり、いつ何が起きるかわからない。ここにも「死野」がだぶる。
ここで未刊詩篇のなかの阪神・淡路大震災の詩についても注目しておきたい。

もえているまちの／映像が／よそのまちのようだ／／字幕に／長田区御船通と出る／わたしのすむまち／／もえていくまちなみ／みているひとの姿／眼でみてもらわないと／とてもわかってもらえない／だろうと／だまっていようと／いったんは思ったのだけれど／／どうかここを／もういちど／見にきてください

「幻の町、または忘れたかった」から引いたが、この日、長田区御船通で荘介さんも被災し、倒壊した瓦礫の中からかろうじて母親を救い出した。と同時に道ひとつ隔てた町内からは出火してその対応にも追われている。「復興などというものは、所詮きれいごとでも美談でもなく、多くの争いとあきらめの結果、落ちつかせるしかないので落ちつかせるものだ」

とエッセーにも書きつけたこの感慨はそのまま地獄を見た者の実感として伝わってくる。
　こうしてみてくると田中詩は、一貫して穏やかな詩風ではあるが、人間は存在することによって苦のなかにいるのではないかという深い内面化によって支えられている。お聞きするとまだまだ先に飛躍したものを構想されているようでもあり、ここを一里塚として、さらに大きな仕事をと期待したい。

二〇一六年五月

あとがき

詩を書き始めたのは、一九七三年（37歳）ころのことで、同人誌「たうろす」に加えてもらって、安水稔和さん、多田智満子さん他多くの詩人たちに感化されたからだと思う。あれからもう何年になるか、「たうろす」が解散して以後、詩誌「ENTASIS」により詩作を続けてきた。一方でわたしは、日本古代文学（風土記や説話集『日本霊異記』など）に関心を寄せていた。本書はそういう同人誌、詩誌に発表し、詩集として出したもののほか未発表のものも加えて一冊とした。

記紀歌謡以来、日本の詩歌には古くからの伝統がある。古代においては中国の詩（漢詩、唐詩）の影響を強く受け、明治以後は西洋の詩の受容が大きく、新体詩、文語詩から口語詩、自由詩への流れがある。人はみな時代の子であって、意識するにしろ、しないにしろ時代の潮流に逆らうことはむずかしい。（わたしの経験であるが、昔淡路島の岩屋海岸でボート遊びをしていて沖へ流され危うく漂流しかけたことがある。）のんきに潮の流れに乗っかっていても、詩は書けるかもしれないが、無自覚に流されていると、舟はどこへ漂流するか知れたものではない。（桃源郷へたどりつけたなどというのは稀有なというより虚構の事例である。）

さて、本書の構成は詩（Ⅰ〜Ⅳ）とエッセーから成り、詩篇はⅠでは「播磨国風土記」に拠る詩集『小目野』を中心に、一部加えたり除いたりした。Ⅱでは、詩集『少年の日々』全篇に「指つめ」を加えた。Ⅲは未刊詩篇で『日本霊異記』に拠るものを中心とした。Ⅳでは、一九七三年、初めての作品「南の島にて」を初めとして阪神淡路大震災の事柄を主題としたものや身辺の事柄を主題としたものなど、未発表詩も含め、「ENTASIS」発表のものを自選した。

エッセーは私家版『わが生涯』『わが余生』『日はゆるやかに』の中から選んだ。

本書を刊行するきっかけとなったのは、古くからの友人であるたかとう匡子さんのすすめによるもので、強く背中を押してもらってようやく腰を上げたわけで、加えて解説をお願いするなどたいへんにお世話になった。厚くお礼申し上げたい。どうもありがとうございました。また本作りには澪標の松村信人さんの力を得てこのような形と成り、ここに感謝申し上げる。なお、本書を長年にわたり苦労を共にしてきた妻・弘子にささげるものとしたい。

二〇一六年晩春　傘寿を迎えて

田中荘介

田中荘介（たなか・そうすけ）

1936年神戸市生まれ。市立池田小学校、市立西代中学校、県立長田高等学校卒業。神戸大学文学部国文学科修了。神戸常盤女子高等学校中学校着任。1996年から神戸常盤短期大学専任講師・助教授・教授・図書館長など勤める。2009年、同大学退職（在職通算50年）。著書『夢野の鹿』『播磨国風土記ところどころ』など９冊。日本古代文学研究者。兵庫県現代詩協会会員。

田中荘介自選詩集

二〇一六年六月三十日発行

著　者　田中荘介

発行者　松村信人

発行所　澪標《みおつくし》

〒五四〇－〇〇三七

大阪市中央区内平野町二－三－十一－二〇三

ＴＥＬ　〇六－六九四四－〇八六九

ＦＡＸ　〇六－六九四四－〇六〇〇

振替　〇〇九七〇－三－七二五〇六

印刷製本　亜細亜印刷株式会社